TRANZLATY

La langue est pour tout le monde

Taal is vir almal

Les Aventures d'Alice au Pays des Merveilles

Alice se Avonture in Wonderland

Lewis Carroll

Français / Afrikaans

Dans le Terrier du Lapin
In die konyngat af

Alice commençait à être très fatiguée

Alice het baie moeg begin word

Elle était assise à côté de sa sœur sur le talus d'herbe

Sy het by haar suster op die graswal gesit

Mais elle n'avait rien à faire

maar sy het niks gehad om te doen nie

Sa sœur lisait un livre

haar suster lees 'n boek

une ou deux fois, Alice jeta un coup d'œil dans le livre

een of twee keer loer Alice in die boek

Mais le livre ne contenait ni images ni conversations

maar die boek het geen foto's of gesprekke daarin gehad nie

« À quoi sert un livre sans images ? » pensa Alice

"Wat help 'n boek sonder prente?," dink Alice

« Pourquoi un livre n'aurait-il pas de conversations ? »

"Waarom sou 'n boek geen gesprekke hê nie?"

Mais elle avait d'autres choses à considérer

maar sy het ander dinge gehad om te oorweeg

« Faire une chaîne de marguerites serait un plaisir »

"Dit sal 'n plesier wees om 'n ketting madeliefies te maak"

« Mais cela vaut-il la peine de se lever et de cueillir les marguerites ?? »

"Maar is dit die moeite werd om op te staan en die madeliefies te pluk??"

Ce n'était pas si facile d'y penser

Dit was nie so maklik om aan te dink nie

parce que la journée la rendait somnolente et stupide

want die dag het haar slaperig en dom laat voel

Mais soudain, ses pensées s'interrompirent

maar skielik is haar gedagtes onderbreek

un lapin blanc aux yeux roses courait près d'elle

'n Wit Konyn met pienk oë het naby haar gehardloop

Il n'y avait rien de trop remarquable chez le lapin

Daar was niks te merkwaardig aan die haas nie

et Alice ne trouvait pas non plus le lapin remarquable

en Alice het ook nie gedink dat die haas merkwaardig was nie

elle ne s'étonna pas non plus quand le Lapin parla

dit het haar ook nie verbaas toe die haas praat nie

« Oh mon Dieu ! Je serai trop tard ! se dit-il

"Ag liewe! Ek sal te laat wees!" het hy vir homself gesê

mais alors le Lapin a fait quelque chose que les lapins n'ont pas fait

maar toe doen die Konyn iets wat konyne nie gedoen het nie
le Lapin tira une montre de la poche de son gilet
die Konyn haal 'n horlosie uit sy onderbaadjie-sak
Il regarda l'heure puis se hâta
Hy het na die tyd gekyk en toe verder gehaas
Alice se leva, stupéfaite
Alice het verbaas opgestaan
Elle n'avait jamais vu un lapin avec un gilet auparavant !
Sy het nog nooit 'n haas met 'n onderbaadjie gesien nie!
elle n'avait jamais vu non plus de lapin avec une montre !
sy het ook nog nooit 'n haas met 'n horlosie gesien nie!
Alice brûlait d'une nouvelle curiosité
Alice het gebrand met 'n nuwe nuuskierigheid
et elle courut à travers le champ après le Lapin
en sy hardloop oor die veld agter die haas aan
Elle était juste à temps pour voir le lapin disparaître
Sy was net betyds om die haas te sien verdwyn
Le lapin sauta dans un grand terrier de lapin
die haas spring af in 'n groot konyngat
Un instant plus tard, Alice s'est mise à courir après le lapin !
In 'n ander oomblik het Alice agter die haas aan gegaan!
Le terrier du lapin continuait tout droit comme un tunnel
Die konyngat het reguit soos 'n tonnel gegaan
Et le tunnel a continué à avancer sur une certaine distance
en die tonnel het vir 'n entjie aangehou
Et puis le chemin s'est soudainement incliné
en toe het die paadjie skielik afgesak
Alice n'eut pas un instant pour songer à s'arrêter
Alice het nie 'n oomblik gehad om daaraan te dink om haarself
te keer nie
Elle s'est retrouvée à tomber et à tomber
Sy het gevind dat sy af en af en af val
Il semblait qu'elle était tombée dans un puits très profond
dit het gelyk asof sy in 'n baie diep put geval het
**Ou le puits était très profond, ou bien elle tombait très
lentement**
Óf die put was baie diep, óf sy het baie stadig geval

parce qu'elle avait tout le temps de tomber
want sy het genoeg tyd gehad om te val
alors qu'elle tombait, elle pouvait regarder tout autour d'elle
Terwyl sy val, kon sy oral om haar kyk
D'abord, elle a essayé de comprendre où elle allait
Eerstens het sy probeer uitmaak waarheen sy op pad is
mais le puits était trop sombre pour voir quoi que ce soit
maar die put was te donker om iets te sien
Puis elle regarda les côtés du puits
toe kyk sy na die kante van die put
Et elle remarqua qu'il y avait des placards tout autour d'elle
en sy het opgemerk dat daar kaste rondom haar was
et tout autour du puits il y avait des étagères de livres
en rondom die put was boekrakke
Çà et là, elle voyait des cartes et des tableaux accrochés à des piquets
hier en daar sien sy kaarte en prente wat aan penne gehang word
En passant, elle prit un bocal sur l'une des étagères
Sy haal 'n pot van een van die rakke af toe sy verbygaan
Le pot a été étiqueté pour son contenu
Die pot is gemerk vir die inhoud daarvan
« MARMELADE D'ORANGES »
"MARMELADE GEMAAK VAN LEMOENE"
Mais, à sa grande déception, le pot de marmelade était vide
maar tot haar groot teleurstelling was die marmeladepot leeg
Elle ne voulait pas laisser tomber le pot de marmelade vide
Sy wou nie die leë marmeladepot laat val nie
et sa chute fut très lente
en haar val was baie stadig
Elle a donc réussi à mettre le pot de marmelade dans l'un des placards
Sy het dus daarin geslaag om die marmeladepot in een van die kaste te sit
Tombée, descendue, tombée !
Af, af, af val sy!
La chute prendrait-elle fin ?

Sou die sondeval ooit tot 'n einde kom?

Il n'y avait rien d'autre à faire

Daar was niks anders om te doen nie

alors Alice commença bientôt à se parler à elle-même

so Alice het gou met haarself begin praat

« Je vais beaucoup manquer à Dinah ce soir, je pense ! »

"Dinah sal my vanaand baie mis, sou ek dink!"

Dinah était le chat d'Alice

Dinah was Alice se kat

« J'espère qu'ils se souviendront de sa soucoupe de lait à l'heure du thé »

"Ek hoop hulle sal haar piering melk tydens teetyd onthou"

« Dinah, ma chère, je voudrais que tu sois ici avec moi ! »

"Dina, my skat, ek wens jy was hier onder by my!"

Alice sentit qu'elle s'assoupissait

Alice voel dat sy sluimer

Et puis soudain, bruit sourd ! bourrade!

en dan skielik, dreun! Doef!

Elle tomba sur un tas de bâtons

Sy het op 'n hoop stokke geval

et elle atterrit sur un tas de feuilles sèches

en sy beland op 'n hoop droë blare

et enfin la longue chute dans le trou était terminée

en uiteindelik was die lang val in die gat verby

Alice n'était pas du tout blessée

Alice was nie 'n bietjie seergemaak nie

Et elle se leva d'un bond au bout d'un instant

en sy het binne 'n oomblik opgespring

Elle leva les yeux, mais il faisait noir au-dessus de sa tête

Sy kyk op, maar dit was alles donker bokant haar hoof

Devant elle se trouvait un autre long couloir

Voor haar was nog 'n lang gang

et le Lapin Blanc était toujours en vue

en die Wit Konyn was nog in sig

Il se hâtait dans le couloir

hy haas hom in die gang af

Il n'y avait pas un instant à perdre

Daar was nie 'n oomblik om te verloor nie
Alice s'enfuit comme le vent
Alice soos die wind weggehardloop
Au coin de la rue, le lapin s'est retourné
om die draai draai die haas
Elle était juste à temps pour entendre le lapin
sy was net betyds om die haas te hoor
« "Oh, mes oreilles et mes moustaches »
"O, my ore en snorbaarde"
« Comme il est tard ! »
"Hoe laat word dit!"
Elle était tout près derrière le lapin
Sy was naby agter die haas
Elle tourna au détour d'un autre coin
Sy draai om 'n ander hoek
mais le Lapin n'était plus visible
maar die haas was nie meer te sien nie
Elle se retrouva dans une longue salle basse
Sy het haarself in 'n lang, lae saal bevind
La salle était éclairée par une rangée de plafonniers
Die saal is verlig deur 'n ry plafonlampe
Il y avait des portes tout autour de la salle
Daar was deure oral in die saal
mais toutes les portes étaient fermées à clé
maar al die deure was gesluit
Elle marcha tout le long d'un côté de la salle
Sy het al die pad aan die een kant van die saal afgestap
et elle avait fait tout le chemin de l'autre côté de la salle
en sy het al die pad aan die ander kant van die saal geloop
Elle avait essayé toutes les portes
Sy het elke deur probeer
et elle marchait tristement au milieu de la salle
en sy stap hartseer in die middel van die saal af
« Comment vais-je jamais en sortir ? »
"hoe gaan ek ooit weer uitkom?"

Tout à coup, elle tomba sur une petite table

Skielik kom sy op 'n tafeltjie

La table était entièrement en verre massif

Die tafel was geheel en al van soliede glas gemaak

Il n'y avait rien sur la table à part une petite clé dorée

Daar was niks op die tafel nie, behalwe 'n klein goue sleutel

La clé pourrait appartenir à l'une des portes !

Die sleutel behoort dalk aan een van die deure!

Mais, hélas ! Certaines serrures étaient trop grandes pour les clés

Maar, helaas! Sommige van die slotte was te groot vir die sleutels

et pour les autres serrures, la clé était trop petite

en vir die ander slotte was die sleutel te klein

mais, en tout cas, la clef n'ouvrit aucune des portes

maar in elk geval, die sleutel het nie een van die deure oopgemaak nie

Mais que devait-elle faire ?

maar wat moes sy doen?

Elle traversa de nouveau le couloir

Sy het weer deur die saal gegaan

et cette fois, elle remarqua un rideau bas

en hierdie keer het sy 'n lae gordyn opgemerk

Derrière le rideau se trouvait une petite porte

Agter die gordyn was 'n deurtjie
La porte avait une quinzaine de pouces de haut
Die deur was ongeveer vyftien duim hoog
Elle essaya la petite clé dorée dans la serrure
Sy probeer die goue sleuteltjie in die slot
Et à sa grande joie, la clé s'est glissée dans la serrure !
en tot haar groot vreugde het die sleutel in die slot gepas!
Alice ouvrit la porte
Alice het die deur oopgemaak
et elle trouva la porte qui donnait sur un petit couloir
en sy het gevind dat die deur na 'n klein gang gelei het
Le couloir n'était pas beaucoup plus grand qu'un trou à rats
die gang was nie veel groter as 'n rotgat nie
Elle s'agenouilla et regarda le long du couloir
Sy kniel neer en kyk langs die gang
et elle a vu le plus beau jardin que vous ayez jamais vu
en sy het die mooiste tuin gesien wat jy nog ooit gesien het
comme elle avait envie de sortir de cette salle sombre
hoe sy verlang het om uit daardie donker saal te kom
comme elle voulait se promener parmi ces fleurs lumineuses
hoe sy tussen daardie helder blomme wou dwaal
Comme ces fontaines avaient l'air cool et rafraîchissantes
Hoe koel het daardie fonteine gelyk
Mais elle ne pouvait même pas passer la tête par la porte
maar sy kon nie eers haar kop deur die deuropening kry nie
— Oh ! dit Alice d'un ton lugubre
"O," sê Alice, treurig
comme je voudrais pouvoir me plier comme un télescope !
"hoe wens ek ek kon soos 'n teleskoop opvou!"
« Je pense que je pourrais me plier comme un télescope »
"Ek dink ek kan soos 'n teleskoop opvou"
« Si seulement je savais par où commencer »
"as ek net geweet het hoe om te begin"
Alice retourna à la table
Alice het teruggegaan na die tafel
Il y avait la chance de trouver une autre clé
daar was die kans om nog 'n sleutel te vind

Ou il pourrait y avoir un livre de règles
of daar is dalk 'n boek met reëls
Le livre pourrait lui apprendre à se plier comme un télescope
Die boek kan haar vertel hoe om soos 'n teleskoop op te vou
Cette fois, elle trouva une petite bouteille
Hierdie keer het sy 'n botteltjie gekry
« cette bouteille n'était certainement pas là auparavant, » dit Alice
"hierdie bottel was beslis nie voorheen hier nie," sê Alice
et autour du goulot de la bouteille était attachée une étiquette en papier
en om die nek van die bottel vasgemaak was 'n papieretiket
L'étiquette était magnifiquement imprimée en grandes lettres
Die etiket is pragtig in groot letters gedruk
« BOIS-MOI »
"DRINK MY"
« Non, je vais regarder d'abord », a-t-elle dit
"Nee, ek sal eers kyk," het sy gesê
« Je vais voir si la bouteille est marquée comme toxique ou non, »
"Ek sal kyk of die bottel as giftig gemerk is of nie,"
Parce qu'elle n'a jamais oublié la leçon sur le poison
Omdat sy nooit die les oor gif vergeet het nie
« Si une bouteille est étiquetée comme toxique, elle est forcément en désaccord avec vous »
"As 'n bottel as giftig bestempel word, sal dit beslis nie met jou saamstem nie"
Cependant, cette bouteille n'a pas été marquée comme toxique
Hierdie bottel is egter nie as giftig gemerk nie
alors Alice se hasarda à goûter le contenu de la bouteille
so Alice het dit gewaag om die inhoud van die bottel te proe
Elle trouva le liquide tout à fait à son goût
Sy het die vloeistof heeltemal na haar smaak gevind
La boisson avait une sorte de saveur mélangée
Die drankie het 'n soort gemengde geur gehad

tarte aux cerises, crème pâtissière et ananas
kersie-tert, vla en pynappel
Rôtir la dinde, le caramel et le pain grillé au beurre chaud
gebraaide kalkoen, toffie en roosterbrood met warm botter
et elle finit bientôt la bouteille
en sy het gou die bottel klaargemaak
« Quelle curieuse sensation ! » dit Alice
"Wat 'n eienaardige gevoel!" sê Alice
« Je me plie comme un télescope ! »
"Ek vou op soos 'n teleskoop!"
Et elle se repliait comme un télescope !
En sy het inderdaad soos 'n teleskoop opgevou!
Elle n'avait plus que dix pouces de haut
Sy was nou net tien sentimeter hoog
et son visage s'éclaira à ses pensées
en haar gesig het opgehelder by haar gedagtes
Maintenant, elle était de la bonne taille pour la petite porte
nou was sy die regte grootte vir die deurtjie
Maintenant, elle pouvait aller dans ce joli jardin
Nou kon sy in daardie lieflike tuin ingaan
Bientôt, elle a cessé de devenir plus petite
gou het sy opgehou om kleiner te word
Elle décida d'aller tout de suite dans le jardin
Sy het besluit om dadelik die tuin in te gaan
mais, hélas pour la pauvre Alice !
maar, helaas, vir die arme Alice!
Elle arriva à la porte
Sy het by die deur gekom
Mais elle avait oublié la petite clé d'or
maar sy het die klein goue sleutel vergeet
Elle retourna à la table pour prendre la clé
Sy het teruggegaan na die tafel vir die sleutel
Mais elle s'aperçut qu'elle ne pouvait pas atteindre assez haut
maar sy het gevind dat sy nie hoog genoeg kon reik nie
Elle pouvait voir la clé très distinctement à travers la vitre
sy kon die sleutel baie duidelik deur die glas sien

Elle essaya de grimper sur les pieds de la table
Sy het probeer om teen die bene van die tafel op te klim
Mais le verre était beaucoup trop glissant
maar die glas was heeltemal te glad
Finalement, elle s'est fatiguée à essayer
Uiteindelik het sy haarself moeg gemaak om te probeer
et la pauvre petite fille s'assit et pleura
en die arme dogtertjie gaan sit en huil
Alice se parlait à elle-même assez vivement
Alice het taamlik skerp met haarself gepraat
« Allons, ça ne sert à rien de pleurer comme ça ! »
"Kom, dit help nie om so te huil nie!"
« Je vous conseille d'arrêter tout de suite ! »
"Ek raai jou aan om dadelik op te hou!"
Elle se donnait généralement de très bons conseils
Sy het haarself oor die algemeen baie goeie raad gegee
bien qu'elle suivît très rarement ses propres conseils
hoewel sy baie selde haar eie raad gevolg het
Et elle était parfois trop dure envers elle-même
en sy was soms te hard op haarself
et ses paroles lui firent monter les larmes aux yeux
en haar woorde het trane in haar oë gebring
Bientôt, son regard tomba sur une petite boîte en verre
Gou val haar oog op 'n klein glasboks
La petite boîte de verre était posée sous la table
Die klein glasboks het onder die tafel gelê
Dans la boîte en verre se trouvait un tout petit gâteau
In die glaskas was 'n baie klein koek
Sur le gâteau, quelques mots étaient magnifiquement écrits
Op die koek is 'n paar woorde pragtig geskryf
les mots avaient été marqués dans des groseilles
Die woorde is in aalbessies gemerk
« MANGE-MOI »
"EET MY"
« Eh bien, je vais manger le gâteau », dit Alice
"Wel, ek sal die koek eet," sê Alice
« et si le gâteau me fait grossir, je peux atteindre la clé »

"en as die koek my groter laat word, kan ek die sleutel bereik"

« et si le gâteau me fait rapetisser, je peux me glisser sous la porte »

"en as die koek my kleiner laat word, kan ek onder die deur kruip"

« Donc, de toute façon, j'irai dans le jardin »

"so hoe dit ook al sy, ek sal in die tuin kom"

« Et peu m'importe lequel des deux arrive ! »

"en ek gee nie om wie van die twee gebeur nie!"

Elle a mangé un peu du gâteau

Sy het 'n bietjie van die koek geëet

et elle se parla anxieusement à elle-même :

en sy het angstig met haarself gepraat:

« Dans quel sens ? Dans quel sens ?

"Watter kant? Watter kant?"

et elle posa la main sur sa tête

en sy het haar hand op haar kop gehou

Elle voulait sentir de quelle façon elle grandissait

Sy wou voel hoe sy groei

Elle fut très surprise de découvrir ce qui s'était passé

Sy was nogal verbaas om uit te vind wat gebeur het

Elle était restée de la même taille !

sy het dieselfde grootte gebly!

Cette fois, elle redoubla donc d'efforts

So hierdie keer het sy haar pogings verdubbel

Et bientôt, elle termina tout le gâteau

en gou het sy die hele koek klaargemaak

La mare de larmes
Die poel van trane

« Cela devient de plus en plus intéressant ! » s'écria Alice

"Dit word al hoe interessanter!" roep Alice

Vous pouvez voir qu'elle était très surprise

Jy kan sien sy was baie verbaas

« Je m'ouvre comme le plus grand télescope qui ait jamais existé ! »

"Ek maak oop soos die grootste teleskoop wat daar ooit was!"

« Au revoir, les pieds ! Oh, mes pauvres petits pieds"

"Totsiens, voete! O, my arme voetjies"

« Je me demande qui va vous mettre vos chaussures maintenant, mes chères ? »

"Ek wonder wie nou jou skoene vir jou sal aantrek, skat?"

et je me demande qui mettra vos bas ?

"en ek wonder wie jou kouse sal aantrek?"

« Je serai beaucoup trop loin »

"Ek sal baie te ver weg wees"

« Je ne pourrai plus me soucier de toi »

"Ek sal myself nie meer oor jou kan pla nie"

Juste à ce moment, sa tête heurta quelque chose

Net op hierdie oomblik het haar kop teen iets geslaan

Elle avait atteint le toit de la salle

sy het die dak van die saal bereik

En fait, elle mesurait maintenant plus de deux mètres

trouens, sy was nou meer as twee meter lank

et elle prit aussitôt la petite clef d'or

en sy het dadelik die klein goue sleutel opgetel

et elle se précipita vers la porte du jardin

en sy haastig weg na die tuindeur

Pauvre Alice ! Il n'y avait pas grand-chose qu'elle pouvait faire

Arme Alice! Daar was nie veel wat sy kon doen nie

Elle s'allongea sur le côté

Sy het aan die een kant gaan lê

et elle regarda d'un œil dans le jardin

en sy het met een oog in die tuin gekyk

Mais s'en sortir était plus désespéré que jamais
maar om deur te kom was meer hopeloos as ooit
Elle s'est assise et a recommencé à pleurer
Sy gaan sit en begin weer huil
Elle a continué à verser des litres de larmes
Sy het voortgegaan om liters trane te stort
Bientôt, il y eut une grande flaque tout autour d'elle
Gou was daar 'n groot swembad rondom haar
et l'eau atteignait la moitié du couloir
en die water het halfpad in die gang bereik
Au bout d'un moment, elle entendit un petit claquement de pieds
Na 'n rukkie hoor sy 'n bietjie gekletter van voete
Elle entendit les pas venir de loin
Sy het die voete van ver af hoor kom
et elle s'essuya vivement les yeux pour voir ce qui allait arriver
en sy het haastig haar oë afgedroog om te sien wat kom
C'était le retour du Lapin Blanc
Dit was die Wit Konyn wat teruggekeer het
Il était magnifiquement vêtu
hy was pragtig geklee
Il avait une paire de gants blancs dans une main
Hy het 'n paar wit handskoene in die een hand gehad
et il avait un grand éventail de plumes dans l'autre main
en hy het 'n groot veerwaaier in die ander hand gehad
Il arriva en trottinant en toute hâte
Hy het haastig saamgedraf
et il murmura en lui-même : « Oh ! la duchesse, la duchesse !
en hy het by homself gemompel: "O! die hertogin, die hertogin!"
« Ah ! ne serait-elle pas sauvage si je l'ai fait attendre !
"O! sal sy nie wreed wees as ek haar laat wag het nie!"

Quand le Lapin s'approcha d'elle, Alice prit la parole
Toe die haas naby haar kom, het Alice gepraat
Mais elle parlait d'une voix basse et timide
maar sy het met 'n lae, skugter stem gepraat
« Monsieur, s'il vous plaît, arrêtez ce que vous faites un instant »
"Meneer, stop asseblief vir 'n oomblik wat jy doen"
Le Lapin sursauta violemment
Die haas skrik gewelddadig
Il laissa tomber les gants blancs et l'éventail de plumes
Hy het die wit handskoene en die veerwaaier laat val
et il s'enfuit dans les ténèbres aussi vite qu'il le put
en hy skarrel weg in die duisternis so vinnig as wat hy kon
Alice ramassa l'éventail en plumes et les gants
Alice tel die veerwaaier en handskoene op
Et elle n'arrêtait pas de s'éventer tout en parlant
en sy het haarself bly waai terwyl sy aanhou praat
« Cher, cher ! Comme tout est étrange aujourd'hui !

"Liewe, skat! Hoe vreemd is alles vandag!"

« Hier, les choses se sont passées comme d'habitude »

"Gister het dinge net soos gewoonlik aangegaan"

« Étais-je le même quand je me suis levé ce matin ? »

"Was ek dieselfde toe ek vanoggend opgestaan het?"

« Mais si je ne suis pas le même, il y a une autre question »

"Maar as ek nie dieselfde is nie, is daar 'n ander vraag"

« Qui suis-je ? »

"Wie in die wêreld is ek?"

« Ah, c'est le grand casse-tête ! »

"Ag, dit is die groot legkaart!"

En disant cela, elle baissa les yeux sur ses mains

Terwyl sy dit sê, kyk sy af na haar hande

Elle portait l'un des petits gants blancs du lapin

Sy het een van die konyne se klein wit handskoene gedra

Elle n'avait pas remarqué qu'elle avait mis le gant en parlant

Sy het nie opgemerk dat sy die handskoen aantrek terwyl sy praat nie

« Comment ai-je pu faire cela ? » a-t-elle pensé

"Hoe kon ek dit gedoen het?" het sy gedink

« Je dois redevenir petit »

"Ek moet weer klein word"

Elle se leva et s'approcha de la table pour mesurer sa taille

Sy staan op en gaan na die tafel om haar lengte te meet

Elle a découvert qu'elle mesurait maintenant environ un demi-mètre

Sy het gevind dat sy nou ongeveer 'n halwe meter lank was

et elle rétrécissait encore rapidement

en sy het nog steeds vinnig gekrimp

Elle découvrit rapidement quelle était la cause de ce rétrécissement

Sy het gou uitgevind wat die oorsaak van die krimp was

L'éventail de plumes la rendait encore plus petite !

Die veerwaaier het haar weer kleiner gemaak!

et elle laissa tomber l'éventail de plumes à la hâte

en sy het die veerwaaier haastig laat val

Elle laissa tomber l'éventail de plumes juste à temps pour se

sauver

Sy het die veerwaaier net betyds laat val om haarself te red

**Si elle s'était éventée plus longtemps, elle se serait
complètement retirée**

As sy haarself langer gewaai het, sou sy heeltemal
weggekrimp het

« C'était une échappatoire de justesse ! » dit Alice

"Dit was 'n noue ontsnapping!" sê Alice

et elle fut bien effrayée de ce changement soudain

en sy was baie bang vir die skielike verandering

**mais elle était très heureuse de se trouver encore en
existence**

maar sy was baie bly om te vind dat sy nog bestaan

« Et maintenant, en route pour le jardin ! »

"En nou, na die tuin!"

Et elle courut à toute vitesse vers la petite porte

En sy hardloop met alle spoed terug na die deurtjie

Mais, hélas ! La petite porte fut refermée

Maar, helaas! die deurtjie is weer gesluit

**et la petite clé d'or était de nouveau posée sur la table de
verre**

en die klein goue sleutel lê weer op die glastafel

« Les choses sont pires que jamais », pensa le pauvre enfant

"Dinge is erger as ooit," dink die arme kind

« Je n'ai jamais été aussi petit que ça auparavant, jamais ! »

"Ek was nog nooit so klein soos hierdie nie, nooit!"

En prononçant ces mots, son pied glissa

Toe sy hierdie woorde sê, gly haar voet

et un instant plus tard, il y eut une grande éclaboussure !

en in 'n ander oomblik was daar 'n groot plons!

Elle était dans l'eau salée jusqu'au menton

sy was tot by haar ken in soutwater

**Sa première idée fut qu'elle était tombée d'une manière ou
d'une autre dans la mer**

Haar eerste idee was dat sy op een of ander manier in die see
geval het

Cependant, elle s'est vite rendu compte dans quoi elle se

trouvait
Sy het egter gou besef waarin sy was
Elle était dans une mare de larmes
Sy was in 'n plas van trane
les larmes qu'elle avait versées quand elle avait deux mètres de haut
die trane wat sy gehuil het toe sy twee meter lank was

Juste à ce moment-là, elle entendit quelque chose
Net toe hoor sy iets
Quelque chose barbotait dans la mare
Iets spat in die swembad rond
Les éclaboussures venaient d'un peu de loin
Die gespat kom van 'n entjie ver af
et elle nagea plus près pour voir ce que c'était que les éclaboussures
en sy het nader geswem om te sien wat die gespat was
Elle vit bientôt que ce n'était qu'une petite souris

Sy het gou gesien dat dit net 'n klein muis was
La petite souris s'était également glissée dans l'eau
Die muisie het ook in die water gegly
Alice réfléchit à la situation
Alice het by haarself oor die situasie gedink
« Serait-il utile de parler à cette souris ? »
"Sou dit van enige nut wees om met hierdie muis te praat?"
« Tout est tellement à l'envers ici »
"Alles is so onderstebo hier onder"
**« Je pense que c'est très probable que cette souris peut
parler »**
"Ek dink baie waarskynlik dat hierdie muis kan praat"
« En tout cas, il n'y a pas de mal à essayer »
"In elk geval, daar is geen kwaad om te probeer nie"
Alors elle a commencé à essayer de parler à la souris
Sy het dus probeer om met die muis te praat
« Oh Souris, sais-tu comment sortir de cette mare ? »
"Ag Muis, ken jy die pad uit hierdie swembad?"
« Je suis bien fatigué de nager ici, ô souris ! »
"Ek is baie moeg om hier rond te swem, o Muis!"
La souris la regarda d'un air assez inquisiteur
Die muis kyk haar nogal nuuskierig aan
**La souris semblait cligner de l'œil avec l'un de ses petits
yeux**
Dit lyk asof die muis met een van sy ogies knipoog
Mais la petite souris ne dit rien
maar die klein muis het niks gesê nie
**« Peut-être la souris ne comprend-elle pas l'anglais », pensa
Alice**
"Miskien verstaan die muis nie Engels nie," dink Alice
« J'ose dis-le que c'est une souris française »
"Ek durf sê dit is 'n Franse muis"
**« peut-être que cette souris est venue avec Guillaume le
Conquérant »**
"miskien het hierdie muis saam met Willem die Veroweraar
oorgekom"
Alors elle a recommencé, en français

So het sy weer begin, in Frans
« Où est mon chat ? » a-t-elle demandé en français
"Waar is my kat?" vra sy in Frans
c'était la première phrase de son livre de leçons de français
dit was die eerste sin in haar Franse lesboek
La souris fit un saut soudain hors de l'eau
Die muis het 'n skielike sprong uit die water gegee
et la souris semblait frémir de frayeur
en dit lyk asof die muis oral bewe van skrik
— Oh ! je vous demande pardon ! s'écria vivement Alice
"O, ek smeek jou vergewe!" roep Alice haastig uit
Elle craignait d'avoir blessé les sentiments du pauvre animal
sy was bang dat sy die arme dier se gevoelens seergemaak het
« J'oubliais que tu n'aimais pas les chats »
"Ek het heeltemal vergeet jy hou nie van katte nie"
« Je n'aime pas les chats ! » cria la Souris d'une voix aiguë et passionnée
"Ek hou nie van katte nie!" roep die muis met 'n skril, passievolle stem
« Voudrais-tu des chats, si tu étais moi ? »
"Sou jy katte wou hê, as jy ek was?"
Alice réconforta la souris d'un ton apaisant
Alice troos die muis in 'n strelende toon
« Eh bien, peut-être que je n'aimerais pas non plus les chats si j'étais vous »
"Wel, miskien sou ek ook nie van katte hou as ek jy was nie"
« S'il vous plaît, ne soyez pas en colère à propos de la mention des chats »
"Moet asseblief nie kwaad wees oor die vermelding van katte nie"
« Et pourtant, j'aimerais pouvoir te montrer notre chat Dinah »
"En tog wens ek ek kon jou ons kat Dina wys"
« Si vous la rencontriez, je pense que vous prendriez goût aux chats »
"as jy haar ontmoet, dink ek jy sal lus wees vir katte"
« Si seulement vous pouviez la voir »

"As jy haar net kon sien"
« Elle est une chose si chère et si calme »
"Sy is so 'n dierbare, stil ding"
La souris tremblait de partout
Die muis het oral gebewe
Alice était certaine que la souris devait être vraiment offensée
Alice was seker dat die muis regtig aanstoot moes neem
« On ne parlera plus d'elle, si tu préfères ne pas le faire »
"Ons sal nie meer oor haar praat nie, as jy liewer nie wil nie"
« Nous, en effet ! » s'écria la Souris
"Ons, inderdaad!" roep die muis
La souris tremblait jusqu'au bout de sa queue
die muis bewe tot aan die einde van sy stert
« Comme si je voulais parler d'un tel sujet ! »
"Asof ek oor so 'n onderwerp sou praat!"
« Notre famille a toujours détesté les chats »
"Ons gesin het altyd katte gehaat"
"Les chats ; des choses méchantes, basses, vulgaires !
"katte; nare, lae, vulgêre dinge!"
« Ne me laissez plus entendre le nom ! »
"Moenie dat ek weer die naam hoor nie!"
— Je ne parlerai plus des chats, en effet, dit Alice
"Ek sal inderdaad nie weer katte noem nie!" sê Alice
Elle était très pressée de changer de sujet
sy was baie haastig om die onderwerp te verander
"Êtes-vous... Aimez-vous les chiens ?
"Is jy ... Is jy lief vir honde?"
« Il y a un petit chien si gentil près de notre maison, »
"Daar is so 'n gawe hondjie naby ons huis,"
« Je voudrais te montrer le petit chien ! »
"Ek wil jou graag die hondjie wys!"
"Ce petit chien tue tous les rats et...
"Hierdie hondjie maak al die rotte dood en ...
« Oh ! mon Dieu ! » s'écria Alice d'un ton triste
"O, skat!" roep Alice op 'n hartseer toon
« J'ai peur de t'avoir encore offensé ! »

"Ek is bevrees ek het jou weer aanstoot gegee!"
La souris nageait loin d'elle aussi vite qu'elle le pouvait
die muis het so vinnig as wat dit kon van haar af weggeswem
et la souris fit tout un vacarme dans la mare
en die muis het nogal 'n oproer in die swembad gemaak
Alors elle appela doucement la souris
So roep sy saggies agter die muis aan
« Ma chère souris, s'il vous plaît, revenez ! »
"My liewe muis, kom asseblief terug!"
« Et nous ne parlerons pas des chats »
"En ons sal nie oor katte praat nie"
« Et nous n'avons pas non plus besoin de parler des chiens »
"En ons hoef ook nie oor honde te praat nie"
Quand la souris entendit cela, elle se retourna
Toe die muis dit hoor, draai hy om
et la petite souris nagea lentement vers elle
en die klein muisie swem stadig terug na haar toe
Le visage de la souris était assez pâle
Die muis se gesig was nogal bleek
et la souris parla d'une voix basse et tremblante
en die muis het gepraat, met 'n lae, bewende stem
« Allons à la rive »
"Kom ons kom by die oewer"
« et ensuite je vous raconterai mon histoire »
"en dan sal ek jou my geskiedenis vertel"
« et vous comprendrez pourquoi c'est moi qui déteste les chats et les chiens »
"en jy sal verstaan hoekom ek katte en honde haat"
Il était grand temps de partir
Dit het hoog tyd geword om te gaan
parce que la piscine devenait assez bondée
want die swembad het nogal druk geraak
D'autres oiseaux et animaux étaient tombés dans la mare
ander voëls en diere het in die swembad geval
il y avait un Canard et un Dodo
daar was 'n eend en 'n dodo
et il y avait un oiseau Lory et un aiglon

en daar was 'n Lory-voël en 'n arend
et il y avait plusieurs autres créatures intéressantes
en daar was verskeie ander interessante wesens
Alice a ouvert la voie à la sortie de la piscine
Alice het die pad uit die swembad gelei
et toute la troupe des animaux nagea jusqu'au rivage
en die hele groep diere het na die oewer geswem

Une course de caucus et une longue traîne

'n koukuswedloop en 'n lang stert

C'était en effet une bande d'animaux à l'allure amusante

Hulle was inderdaad 'n snaakse klomp diere

et ils se rassemblèrent tous sur le bord de l'eau

en hulle het almal op die wateroewer bymekaargekom

Les oiseaux avaient tous des plumes débraillées

die voëls het almal vere gehad

et les animaux à fourrure étaient trempés

en die harige diere was deurweek

et tous étaient trempés, agacés et mal à l'aise

en almal was drupnat, geïrriteerd en ongemaklik

Il y avait une question à laquelle il fallait répondre en premier

Daar was een vraag wat eers beantwoord moes word

Quelle est la meilleure façon pour tout le monde de se sécher ?

Wat is die beste manier vir almal om droog te word?

Ils ont tenu une consultation à ce sujet

Hulle het 'n konsultasie oor hierdie saak gehad

Bientôt, ils furent tous en bons termes

Gou was hulle almal op bekende voet

C'était comme si elle les avait connus toute sa vie

dit was asof sy hulle haar hele lewe lank geken het

La souris semblait être une personne d'une certaine autorité

Die muis was blykbaar 'n persoon met 'n gesag

« Asseyez-vous, vous tous, et écoutez-moi ! »

"Gaan sit, almal van julle, en luister na my!"

« Je vais bientôt vous faire sécher à nouveau ! »

"Ek sal julle binnekort weer droog maak!"

Ils s'assirent tous en même temps, dans un grand cercle

Hulle het almal gelyktydig in 'n groot ring gaan sit

et la petite souris s'assit au milieu

en die klein muis het in die middel gesit

« Hum ! » dit la souris d'un air important

"Ahem!" sê die muis met 'n belangrike lug

« Êtes-vous tous prêts ? »

"Is julle almal gereed?"

« C'est la chose la plus sèche que je connaisse »

"Dit is die droogste ding wat ek weet"

« Silence tout autour, s'il vous plaît ! »

"Stilte rondom, as jy asseblief!"

« Guillaume le Conquérant était favorisé par le pape »

"Willem die Veroweraar is deur die pous begunstig"

« mais il fut bientôt soumis par les Anglais »

"maar hy is gou deur die Engelse onderwerp"

« Ils voulaient des leaders ces derniers temps »

"Hulle wou die afgelope tyd leiers hê"

« et ils avaient été habitués au pouvoir et à la conquête »

"en hulle was gewoond aan mag en verowering"

« Edwin et Morcar, les comtes de Mercie et de Northumbrie »

"Edwin en Morcar, die graaf van Mercia en Northumbria"

« Pouah ! » dit l'oiseau lori, avec un frisson

"Ugh!" sê die lori-voël met 'n rilling

« et même Stigand, l'archevêque patriote de Cantorbéry »

"en selfs Stigand, die patriotiese aartsbiskop van Canterbury"

« Il l'a également trouvé opportun »

"Hy het dit ook raadsaam gevind"

« Qu'a-t-il trouvé à propos ? » dit le canard

"Wat het hy raadsaam gevind?" sê die eend
— Il l'a trouvé opportun, répondit la souris d'un ton un peu contrarié
"Hy het dit raadsaam gevind," antwoord die muis taamlik dwars
Mais le canard n'était pas satisfait
maar die eend was nie tevrede nie
« Bien sûr, vous savez ce que 'it' signifie »
"Natuurlik weet jy wat 'dit' beteken"
« Je sais ce que c'est quand je trouve quelque chose », dit le canard
"Ek weet wat 'dit' is as ek iets kry," sê die eend
« C'est généralement une grenouille ou un ver »
"Dit is oor die algemeen 'n padda of 'n wurm"
« La question est de savoir ce que l'archevêque a trouvé ?
"Die vraag is, wat het die aartsbiskop gevind?"
La souris n'a pas remarqué cette question
Die muis het nie hierdie vraag opgemerk nie
Au lieu de cela, la souris continua précipitamment son discours
In plaas daarvan het die muis haastig voortgegaan met die toespraak
« il a jugé opportun d'aller avec Edgar Atheling »
"hy het dit raadsaam gevind om saam met Edgar Atheling te gaan"
« pour rencontrer Guillaume et lui offrir la couronne »
"om William te ontmoet en hom die kroon aan te bied"
la souris continua, se tournant vers Alice pendant qu'elle parlait
die muis het voortgegaan en na Alice gedraai terwyl dit gepraat het
« Comment allez-vous maintenant, ma chère ? »
"Hoe gaan dit nou met jou, my skat?"
– Aussi mouillée que jamais, dit Alice d'un ton mélancolique
"So nat soos altyd," sê Alice op 'n weemoedige toon
« Cette histoire n'a pas l'air de me tarir du tout »

"Dit lyk asof hierdie storie my glad nie droog maak nie"
— Dans ce cas, dit solennellement le dodo en se levant
"In daardie geval," sê die dodo plegtig en staan op sy voete
« Je vote pour l'ajournement de la séance »
"Ek stem dat die vergadering verdaag word"
« et je propose l'adoption immédiate de remèdes plus énergiques »
"en ek stel 'n onmiddellike aanvaarding van meer energieke middels voor"
« Dis des paroles vraies ! » dit l'aiglon
"Praat regte woorde!" sê die arend
« Je ne connais pas le sens de la moitié de ces longs mots »
"Ek weet nie wat die helfte van daardie lang woorde beteken nie"
et, qui plus est, je ne crois pas que vous le sachiez non plus !
"en wat meer is, ek glo nie jy weet ook nie!"
— Ce que j'allais dire, dit le dodo d'un ton offensé
"Wat ek gaan sê," sê die dodo op 'n beledigde toon
« La meilleure chose à faire pour nous sécher serait une course au caucus »
"Die beste ding om ons droog te kry, is 'n koukuswedloop"
« Qu'est-ce qu'une course de caucus ? » demanda Alice
"Wat is 'n koukus-wedloop?" sê Alice

« Eh bien, » dit le dodo, « la meilleure façon de l'expliquer,
c'est de le faire »
"Wel," sê die dodo, "die beste manier om dit te verduidelik is
om dit te doen"
« D'abord, le dodo a tracé un parcours »
"Eers het die dodo 'n renbaan gemerk"
« La piste était dans une sorte de cercle »
"Die baan was in 'n soort sirkel"
« Et puis tout le groupe a été placé le long du parcours »
"en toe is die hele geselskap langs die baan geplaas"
Il n'y avait pas de « Un, deux, trois et c'est parti ! »
Daar was geen "Een, twee, drie en weg!"
Mais ils ont commencé à courir quand ils voulaient
maar hulle het begin hardloop wanneer hulle wou
et ils finissaient aussi quand ils le voulaient
en hulle het ook klaargemaak wanneer hulle wou
Il n'était donc pas facile de savoir quand la course était
terminée
Dit was dus nie maklik om te weet wanneer die wedloop
verby was nie
Après environ une demi-heure de course, ils étaient tous
assez secs
na 'n halfuur of wat se hardloop was hulle almal redelik droog
le dodo s'écria soudain : « La course est finie ! »
die dodo het skielik uitgeroep: "Die wedloop is verby!"
Et ils se pressèrent tous autour du Dodo
en hulle het almal om die dodo saamgedrom
Tous les animaux haletaient et soufflaient
al die diere hyg en blaas
et tous voulaient savoir : « Mais qui a gagné ? »
en hulle wou almal weet: "Maar wie het gewen?"
Le dodo ne pouvait pas répondre immédiatement à cette
question
Hierdie vraag kon die dodo nie dadelik beantwoord nie
D'abord, il a dû beaucoup réfléchir
Eers moes hy baie nadink
Après mûre réflexion, le dodo finit par parler

Na baie nadenke het die Dodo uiteindelik gepraat
« Tout le monde a gagné, et tous doivent avoir des prix »
"Almal het gewen, en almal moet pryse hê"
« Mais qui doit donner les prix ? » demanda un chœur de voix
"Maar wie moet die pryse gee?" vra 'n koor van stemme
— Eh bien, elle, bien sûr, dit le dodo
"Wel, sy, natuurlik," sê die dodo
et le dodo pointa d'un doigt vers Alice
en die dodo het met een vinger na Alice gewys
et toute la troupe des animaux se pressait autour d'elle
en die hele groep diere het om haar saamgedrom
ils ont crié, d'une manière confuse : « Des prix ! Des prix !
hulle het op 'n verwarde manier uitgeroep: "Pryse! Pryse!"
Alice n'avait aucune idée de ce qu'elle devait faire
Alice het geen idee gehad wat om te doen nie
Désespérée, elle mit la main dans sa poche
Wanhopig steek sy haar hand in haar sak
Et elle en sortit une boîte de bonbons
en sy haal 'n boks lekkers uit
Heureusement, l'eau salée n'était pas entrée dans la boîte
gelukkig het die soutwater nie in die boks gekom nie
et elle a distribué les bonbons comme prix
en sy het die lekkers as pryse rondgegee
Il y avait exactement une pièce pour tout le monde
Daar was presies een stuk vir almal
La prochaine chose qu'ils devaient faire était de manger les bonbons
Die volgende ding wat hulle moes doen, was om die lekkers te eet
Cela a causé du bruit et de la confusion
Dit het geraas en verwarring veroorsaak
Les grands oiseaux se plaignaient de ne pas pouvoir goûter leurs bonbons
Die groot voëls het gekla dat hulle nie hul lekkers kon proe nie
Les petits s'étouffaient et devaient être tapotés dans le dos
Die kleintjies verstik en moes op die skouer geklop word

Cependant, c'était enfin fini
Dit was egter uiteindelik verby
Et ils se rassirent en cercle
en hulle het weer in 'n ring gaan sit
et ils supplièrent la souris de leur dire quelque chose de plus
en hulle het die muis gesmeek om hulle iets meer te vertel
— Vous m'avez promis de me raconter votre histoire, vous savez, dit Alice
"Jy het belowe om my jou geskiedenis te vertel, jy weet," sê Alice
et elle fit une autre petite remarque sur les chats à voix basse
en sy het nog 'n klein opmerking oor katte in 'n fluistering gemaak
Elle ne voulait pas offenser à nouveau la souris
Sy wou nie weer die muis aanstoot gee nie
la petite souris se tourna vers Alice et soupira
die klein muis draai na Alice en sug
« Ma conte est long et triste ! »
"Myne is 'n lang en hartseer verhaal!"
— C'est une longue queue, certainement, dit Alice
"Dit is beslis 'n lang stert," sê Alice
et elle baissa les yeux avec étonnement sur la queue de la souris
en sy kyk met verwondering af na die muis se stert
« Mais pourquoi appelez-vous cela une queue triste ? »
"Maar hoekom noem jy dit 'n hartseer stert?"
Et elle n'arrêtait pas de s'interroger à ce sujet pendant que la souris parlait
En sy het aanhou raaisel daaroor terwyl die muis gepraat het
de sorte que son idée de l'histoire était quelque chose comme ceci
sodat haar idee van die verhaal so iets was

        "Fury said to
          a mouse, That
            he met in the
              house, 'Let
                us both go
                  to law: *I*
                    will prosecute
                    you.—
                      Come, I'll
                    take no denial:
                  We must have
                the trial;
              For really
            this morning
          I've
        nothing
      to do.'
          Said the
            mouse to
              the cur,
                'Such a
                  trial, dear
                    sir, With
                      no jury
                        or judge,
                          would
                        be wasting
                      our
                    breath.'
                  'I'll be
                judge,
              I'll be
            jury,'
          said
        cunning
          old
            Fury:
              'I'll
                try
                  the
                    whole
                      cause,
                        and
                          condemn
                        you to
              death.'"

Fury dit à une souris : Qu'il s'est rencontré dans la maison.

Fury het vir 'n muis gesê, dat hy in die huis ontmoet het"

Allons tous les deux en justice, je vous poursuivrai

Laat ons albei na die reg gaan: Ek sal jou vervolg

**Allons, je n'accepterai aucun démenti : il faut que nous
fassions l'épreuve**

Kom, ek sal geen ontkenning aanvaar nie: Ons moet die
verhoor hê

Car vraiment ce matin je n'ai rien à faire

Want regtig vanoggend het ek niks om te doen nie

Dit la souris au maudit ;

Sê die muis vir die cur;

Un tel procès, cher monsieur, sans jury ni juge, nous ferait

perdre notre souffle

So 'n verhoor, liewe meneer, met geen jurie of regter nie, sou ons asem mors

« Je serai juge, je serai jury », dit le vieux rusé Fury

"Ek sal regter wees, ek sal jurie wees," sê die slinkse ou Fury

Je vais juger toute la cause, et je vous condamnerai à mort

Ek sal die hele saak verhoor en jou ter dood veroordeel

la souris parla sévèrement à Alice

die muis het ernstig met Alice gepraat

« Tu ne fais pas attention ! »

"Jy gee nie aandag nie!"

« À quoi pensez-vous ? »

"Waaraan dink jy?"

— Je vous demande pardon, dit Alice très humblement

"Ek smeek jou vergewe," sê Alice baie nederig

« Tu étais arrivé au cinquième virage, je crois ? »

"jy het by die vyfde draai gekom, dink ek?"

« Vous m'insultez en disant de telles bêtises ! »

"Jy beledig my deur sulke nonsens te praat!"

Et la souris se leva et s'éloigna

en die muis het opgestaan en weggeloop

Alice appela la petite souris

Alice roep na die klein muis

« S'il vous plaît, revenez et terminez votre histoire ! »

"Kom asseblief terug en voltooi jou storie!"

Et les autres se joignirent tous en chœur

En die ander het almal in koor aangesluit

« Oui, s'il vous plaît, terminez votre histoire ! »

"Ja, maak asseblief jou storie klaar!"

Mais la souris se contenta de secouer la tête avec impatience

Maar die muis skud net ongeduldig sy kop

et la petite souris marchait un peu plus vite

en die klein muis het 'n bietjie vinniger geloop

« Je voudrais bien avoir Dinah, notre chat, ici ! » dit Alice

"Ek wens ek het Dinah, ons kat, hier gehad!" sê Alice

Cela provoqua une sensation remarquable parmi le parti

Dit het 'n merkwaardige sensasie onder die party veroorsaak

Quelques-uns des oiseaux se hâtèrent de s'éloigner
Sommige van die voëls het dadelik weggehaas
et un canari appela d'une voix tremblante ses enfants ;
en 'n Kanarie het met 'n bewende stem na sy kinders geroep;
« Allez-vous-en, mes chères ! »
"Kom weg, my liewe!"
« Il est grand temps que vous soyez tous au lit ! »
"Dit is hoog tyd dat julle almal in die bed is!"
Avec diverses excuses, ils sont tous partis
Met verskeie verskonings het hulle almal weggegaan
et Alice se retrouva bientôt seule
en Alice is gou alleen gelaat
« J'aurais aimé ne pas avoir mentionné Dinah ! »
"Ek wens ek het nie Dina genoem nie!"
« Personne n'a l'air de l'aimer ici »
"Dit lyk asof niemand van haar hier onder hou nie"
« Mais je suis sûr que c'est la meilleure chatte du monde ! »
"maar ek is seker sy is die beste kat in die wêreld!"
La pauvre Alice se remit à pleurer
Arme Alice het weer begin huil
parce qu'elle se sentait très seule et déprimée
omdat sy baie eensaam en neerslagtig gevoel het
Au bout de peu de temps, cependant, elle entendit de nouveau quelque chose
Binne 'n rukkie hoor sy egter weer iets
un petit bruit de pas au loin
'n bietjie voetstappe in die verte
et elle leva les yeux avec impatience
en sy kyk gretig op

Le lapin envoie le petit M. Bill
Die haas stuur klein meneer Bill in

C'était le lapin blanc, qui revenait lentement au trot
Dit was die wit haas, wat stadig weer terugdraf
Il regardait anxieusement autour de lui en chemin
Hy het angstig rondgekyk terwyl hy gegaan het
Il avait l'air d'avoir perdu quelque chose
Hy het gelyk asof hy iets verloor het
Alice l'entendit marmonner pour lui-même
Alice hoor hom vir homself mompel
— La duchesse ! La Duchesse ! Oh, mes chères pattes !
"Die hertogin! Die hertogin! O, my liewe pote!"
« Oh, ma fourrure et mes moustaches ! »
"O, my pels en snorbaarde!"
« Elle va me faire exécuter, j'en suis sûr »
"Sy sal my teregstel, ek is seker daarvan"
« Aussi sûr que les furets sont des furets ! »
"Net so seker soos frette frette is!"
« Où ai-je pu laisser tomber mes affaires, je me demande ? »
"Waar kan ek my goed laat val het, wonder ek?"

Alice devina en un instant ce qu'il cherchait
Alice raai in 'n oomblik waarna hy soek
Il cherchait l'éventail de plumes
Hy was op soek na die veerwaaier
et il cherchait la paire de gants blancs
en hy was op soek na die paar wit handskoene
Elle se mit donc très gentiment à chercher les gants
So sy het baie goedhartig na die handskoene begin soek
Et elle chercha aussi l'éventail de plumes
en sy het ook na die veerwaaier gesoek
Mais les gants et l'éventail de plumes étaient introuvables
maar die handskoene en veerwaaier was nêrens te sien nie
Tout semblait avoir changé depuis sa baignade dans la piscine
Dit lyk asof alles verander het sedert sy in die swembad geswem het
Rien n'était pareil depuis qu'elle était dans la grande salle
Niks was dieselfde sedert sy in die Groot Saal was nie
et la table de verre avait disparu
en die glastafel het verdwyn
Et la petite porte n'était pas là non plus
En die deurtjie was ook nie daar nie
Très vite, le lapin remarqua Alice
Baie gou het die haas Alice opgemerk
Il l'appela d'un ton furieux
Hy roep haar op 'n kwaai toon
« Mary Ann, que fais-tu ici ? »
"Mary Ann, wat doen jy hier buite?"
« Rentre chez toi à l'instant même »
"Hardloop hierdie oomblik huis toe"
« Et apporte-moi une paire de gants et un éventail de plumes ! »
"en haal vir my 'n paar handskoene en 'n veerwaaier!"
« Et faites vite ! »
"En wees vinnig daaroor!"
Alice se parlait à elle-même en s'enfuyant
Alice praat met haarself terwyl sy weghardloop

— Il a dû me prendre pour sa femme de chambre !
"Hy moes my as sy huisbediende verwar het!"
« Comme il sera surpris quand il découvrira qui je suis ! »
"Hoe verbaas sal hy wees as hy uitvind wie ek is!"
En disant cela, elle tomba sur une petite maison soignée
Terwyl sy dit sê, het sy op 'n netjiese huisie afgekom
Sur la porte de la maison se trouvait une plaque de laiton brillant
Op die deur van die huis was 'n helder koperplaat
« W. LAPIN »
"W. KONYN"
Elle entra sans frapper à la porte
Sy het ingegaan sonder om aan die deur te klop
et elle se hâta de monter l'escalier
en sy haastig reguit boontoe
elle craignait de rencontrer la vraie Mary Ann
sy was bekommerd dat sy die regte Mary Ann sou ontmoet
parce qu'alors elle serait chassée de la maison
want dan sou sy uit die huis gewys word
et elle ne pourrait pas trouver l'éventail de plumes et les gants
en sy sou nie die veerwaaier en handskoene kon vind nie
Alice s'était frayé un chemin dans une petite pièce bien rangée
Alice het haar weg na 'n netjiese kamertjie gevind
Dans la pièce, il y avait une table près de la fenêtre
In die kamer was 'n tafel by die venster
et sur la table, il y avait un éventail de plumes
en op die tafel was 'n veerwaaier
et il y avait deux ou trois paires de petits gants blancs
en daar was twee of drie pare klein wit handskoene
Elle ramassa l'éventail en plumes et une paire de gants
Sy tel die veerwaaier en 'n paar van die handskoene op
et elle allait quitter la pièce
en sy was net op die punt om die kamer te verlaat
mais alors ses yeux tombèrent sur une petite bouteille
maar toe val haar oë op 'n botteltjie

Elle déboucha la bouteille et la porta à ses lèvres
Sy het die bottel ontkurk en dit op haar lippe gesit
« J'espère que cela me fera redevenir grand »
"Ek hoop dit sal my weer groot laat word"
« J'en ai marre d'être une toute petite chose ! »
"Ek is moeg daarvoor om so 'n klein dingetjie te wees!"
Alice avait à peine bu la moitié de la bouteille
Alice het skaars die helfte van die bottel gedrink
Sa tête était déjà appuyée contre le plafond
haar kop het reeds teen die plafon gedruk
et elle dut se baisser
en sy moes buk
pour sauver son cou d'être brisé
om haar nek te red om gebreek te word
Elle posa précipitamment la bouteille
Sy sit haastig die bottel neer
« C'est bien assez »
"Dis heeltemal genoeg"
« J'espère que je ne grandirai plus »
"Ek hoop ek groei nie meer nie"
Hélas! Il était trop tard pour souhaiter cela !
Helaas! Dit was te laat om dit te wens!
Elle n'a cessé de grandir
Sy het aanhou groei en gegroei
et très vite elle dut s'agenouiller sur le sol
en baie gou moes sy op die vloer kniel
Et même alors, elle a continué à grandir
en selfs toe het sy aanhou groei
Comme dernière ressource, elle passa un bras par la fenêtre
As 'n laaste hulpbron het sy een arm by die venster uitgesteek
et elle mit un pied dans la cheminée
en sy het een voet teen die skoorsteen gesit
« Maintenant, je ne peux plus faire, quoi qu'il arrive »
"Nou kan ek nie meer doen nie, wat ook al gebeur"
« Que vais-je devenir ? »
"Wat sal van my word?"

Alice a eu un peu de chance
Alice het 'n bietjie geluk gehad
La petite bouteille magique avait fait son plein effet
Die klein towerbotteltjie het sy volle effek gehad
et Alice ne grandit pas plus qu'elle n'était
en Alice het nie groter geword as sy was nie
Au bout de quelques minutes, elle entendit une voix à l'extérieur
Na 'n paar minute hoor sy 'n stem buite
et elle s'arrêta pour écouter la voix
en sy stop om na die stem te luister
« Mary Ann ! Mary Ann ! dit la voix
"Mary Ann! Mary Ann!" sê die stem
« Apporte-moi mes gants tout de suite ! »
"Haal my handskoene op hierdie oomblik!"
Puis vint un petit claquement de pieds dans l'escalier
Toe kom 'n bietjie gekletter van voete op die trappe
Alice savait que c'était le lapin qui venait la chercher
Alice het geweet dit is die haas wat haar kom soek
et elle trembla jusqu'à faire trembler la maison

en sy het gebewe totdat sy die huis geskud het
elle oublia tout à fait quelles étaient ses proportions
sy het heeltemal vergeet wat haar verhoudings was
Elle était mille fois plus grosse que le lapin
sy was duisend keer so groot soos die haas
et elle n'avait aucune raison d'avoir peur d'un lapin
en sy het geen rede gehad om bang te wees vir 'n haas nie
Bientôt le lapin s'approcha de la porte
Kort daarna kom die haas by die deur
et le petit lapin essaya d'ouvrir la porte
en die klein haas het probeer om die deur oop te maak
La porte a commencé à s'ouvrir vers l'intérieur
Die deur het na binne begin oopgaan
mais le coude d'Alice était fortement appuyé contre la porte
maar Alice se elmboog is hard teen die deur gedruk
Cette tentative s'est avérée un échec
Daardie poging was 'n mislukking
Alice entendit le lapin se parler à lui-même
Alice het die haas met homself hoor praat
« Ensuite, je vais faire le tour et entrer par la fenêtre »
"Dan sal ek rondgaan en deur die venster inkom"
« Que tu ne le feras pas ! » pensa Alice
"Dat jy nie sal nie!" dink Alice
Et elle attendit encore un peu
en sy wag weer 'n bietjie
Bientôt, elle entendit le lapin juste sous la fenêtre
gou hoor sy die haas net onder die venster
Elle étendit soudain la main
Sy skielik haar hand uitgesprei
et elle fit une prise en l'air
en sy het 'n ruk in die lug gemaak
Elle n'a rien attrapé
Sy het niks in die hande gekry nie
mais elle entendit un petit cri et une chute
maar sy hoor 'n klein gil en 'n val
et elle entendit un fracas de verre brisé
en sy het 'n botsing van gebreekte glas gehoor

Peut-être le lapin était-il tombé
Miskien het die haas geval
Peut-être était-il dans une serre
Miskien was hy in 'n kweekhuis
Puis vint une voix en colère ; La voix du lapin
Daarna kom 'n woedende stem; die haas se stem
« Pat, où es-tu ? »
"Pat, waar is jy?"
Et puis vint une voix qu'elle n'avait jamais entendue auparavant
En toe kom 'n stem wat sy nog nooit vantevore gehoor het nie
« Votre honneur, je suis là ! »
"U eerbare, ek is hier!"
« Je creuse pour trouver des pommes »
"Ek grawe vir appels"
« Ici ! Venez m'aider à m'en sortir ! »
"Hier! Kom help my hieruit!"
« Maintenant, dis-moi, Pat, qu'est-ce qu'il y a dans la fenêtre ? »
"Vertel my nou, Pat, wat is dit in die venster?"
« Bien sûr, Votre Honneur, je vais vous le dire »
"Sekerlik, u eerbare, ek sal u vertel"
« C'est un bras qui est dans la fenêtre ! »
"Dit is 'n arm wat in die venster is!"
« Eh bien, un bras n'a rien à faire là-bas »
"Wel, 'n arm het geen besigheid daar nie"
« Va et enlève le bras ! »
"Gaan haal die arm weg!"
Il y eut un long silence après cela
Daar was 'n lang stilte hierna
et Alice n'entendait que des chuchotements de temps en temps
en Alice kon net nou en dan fluisteringe hoor
et enfin elle étendit de nouveau la main
en uiteindelik het sy weer haar hand uitgesteek
et elle fit une autre arrachée dans les airs
en sy het nog 'n ruk in die lug gemaak

Cette fois, il y eut deux petits cris
Hierdie keer was daar twee klein gille
et il y avait d'autres bruits de verre brisé
en daar was meer geluide van gebreekte glas
« Je me demande ce qu'ils vont faire ensuite ! » pensa Alice
"Ek wonder wat hulle volgende gaan doen!" dink Alice
« J'aimerais qu'ils me tirent par la fenêtre »
"Ek wens hulle sou my by die venster uittrek"
Elle attendit un certain temps
Sy wag 'n rukkie
Mais pendant un moment, elle n'entendit plus rien
maar vir 'n rukkie het sy niks meer gehoor nie
Enfin, il y eut un grondement de petites roues
Uiteindelik het 'n gedreun van klein wieltjies gekom
et il y eut le son d'un bon nombre de voix
en daar het die geluid van 'n hele klomp stemme gekom
Toutes les voix parlaient ensemble
al die stemme het saam gepraat
Elle pouvait distinguer certaines des paroles
Sy kon van die woorde uitmaak
« Où est l'autre échelle ? »
"Waar is die ander leer?"
« Bill a l'autre échelle »
"Bill het die ander leer"
« Bill, viens ici ! »
"Bill, kom hier!"
« Le toit va-t-il supporter le fardeau ? »
"Sal die dak die vrag dra?"
« Qui veut descendre par la cheminée ? »
"Wie wil by die skoorsteen afgaan?"
— Non, je ne le ferai pas ! Vous le faites !
"Nee, ek sal nie! Jy doen dit!"
« Tiens, Bill ! »
"Hier, Bill!"
« Le maître dit qu'il faut descendre par la cheminée ! »
"Die meester sê jy moet by die skoorsteen afgaan!"
Alice descendit son pied aussi loin qu'elle le put dans la

cheminée
Alice trek haar voet so ver as moontlik in die skoorsteen af
Et puis elle attendit de voir ce qui allait arriver
en toe wag sy om te sien wat kom
Elle entendit un petit animal gratter et se débattre
Sy hoor 'n klein dier krap en skarrel
Le petit animal doit être dans la cheminée
die diertjie moet in die skoorsteen wees
Puis elle donna un coup de pied sec
toe gee sy een skerp skop
et elle attendit de voir ce qui allait se passer ensuite
en sy het gewag om te sien wat volgende sou gebeur
Elle entendit un chœur général de voix
Sy het 'n algemene koor van stemme gehoor
« Voilà Bill ! » dirent-ils tous
"Daar gaan Bill!" het hulle almal gesê
Puis elle entendit la voix du lapin seule
toe hoor sy die haas se stem alleen
« Toi par la haie, attrape-le ! »
"Jy by die heining, vang hom!"
Il y eut un autre moment de silence
daar was nog 'n oomblik van stilte
Et puis il y eut une autre confusion de voix
en toe was daar nog 'n verwarring van stemme
« Lève la tête, Brandy »
"Hou sy kop op, Brandewyn"
« Attention à ne pas l'étouffer »
"Wees versigtig om hom nie te verstik nie"
« Qu'est-ce qui t'est arrivé ? »
"Wat het met jou gebeur?"
Enfin, une petite voix faible et grinçante est apparue
Laastens het 'n bietjie swak, piepende stem gekom
« Eh bien, je n'en sais presque pas plus »
"Wel, ek weet skaars nie meer nie"
« merci à tous, je vais mieux maintenant »
"dankie almal, ek is nou beter"
« il y a une chose dont je peux me souvenir »

"daar is een ding wat ek kan onthou"
« Quelque chose vient à moi comme un train dans un tunnel »
"Iets kom na my toe soos 'n trein in 'n tonnel"
« Et je vole comme une fusée ! »
"en op vlieg ek soos 'n sky-vuurpyl!"
Il y eut une minute ou deux de silence
daar was 'n minuut of twee van stilte
puis ils ont recommencé à se déplacer
en toe begin hulle weer rondbeweeg
et Alice entendit de nouveau le Lapin parler
en Alice het die haas weer hoor praat
« Une brouette fera l'affaire, pour commencer »
"'n Kruiwa sal doen, om mee te begin"
« Une brouette pleine de quoi ? » pensa Alice
"'n Kruiwa vol wat?" dink Alice
Mais elle ne fut pas tenue en suspens longtemps
Maar sy is nie lank in spanning gehou nie
Une pluie de petits cailloux est passée par la fenêtre
'n reën klein klippies het deur die venster gekom
et quelques petits cailloux l'ont frappée au visage
en van die klippies het haar in die gesig getref
Alice fut surprise par les petits cailloux
Alice was verbaas oor die klippies
Tous les petits cailloux se transformaient en gâteaux
al die klein klippies het in koeke verander
et une idée lumineuse lui vint à l'esprit
en 'n blink idee het in haar kop opgekom
« Je devrais manger un de ces gâteaux »
"Ek moet een van hierdie koeke eet"
« Le gâteau ne manquera pas de faire changer ma taille »
"Koek sal beslis 'n verandering in my grootte maak"
Alors elle a avalé l'un des gâteaux
So sluk sy een van die koeke
et elle fut ravie de constater qu'elle commençait à rétrécir
en sy was verheug om te vind dat sy begin krimp het
Bientôt, elle fut assez petite pour franchir la porte

Gou was sy klein genoeg om by die deur in te kom

Elle s'est enfuie de la maison

Sy het uit die huis gehardloop

Une foule de petits animaux et d'oiseaux attendaient dehors

'n skare diertjies en voëltjies het buite gewag

tous les petits oiseaux et les petits animaux se précipitèrent sur Alice

al die voëltjies en diertjies het na Alice gejaag

Mais elle s'enfuit aussi vite qu'elle le put

maar sy het so vinnig as wat sy kon weggehardloop

et bientôt elle se trouva en sécurité dans un bois épais

en gou het sy haarself veilig in 'n digte bos bevind

Alice errait dans les bois

Alice het in die bos rondgedwaal

Et elle pensa en elle-même :

en sy het by haarself gedink:

« Je sais ce que je dois faire en premier »

"Ek weet wat ek eerste moet doen"

« Je dois d'abord grandir à ma bonne taille »

"eers moet ek weer tot my regte grootte groei"

« et puis je dois trouver mon chemin dans ce joli jardin »

"en dan moet ek my weg in daardie lieflike tuin vind"

« Je suppose que je devrais manger ou boire quelque chose ou autre »

"Ek veronderstel ek behoort iets of iets te eet of te drink"

« Mais la question est de savoir ce que je dois manger ou boire ? »

"maar die vraag is wat moet ek eet of drink?"

Alice regarda tout autour d'elle les fleurs

Alice kyk rondom haar na die blomme

et elle regarda à travers les brins d'herbe

en sy het deur die grasshalms gekyk

mais elle ne voyait rien à manger ni à boire

maar sy kon niks sien om te eet of te drink nie

Rien ne semblait être la bonne chose à manger ou à boire

niks het gelyk na die regte ding om te eet of te drink nie

Il y avait un gros champignon qui poussait près d'elle

Daar het 'n groot sampioen naby haar gegroei
le champignon était à peu près de la même taille qu'Alice
die sampioen was omtrent dieselfde hoogte as Alice
Elle s'étira sur la pointe des pieds
Sy het haarself op tone uitgestrek
Et elle jeta un coup d'œil par-dessus le bord du champignon
en sy loer oor die rand van die sampioen
Ses yeux rencontrèrent immédiatement les yeux d'une
grande chenille bleue
Haar oë ontmoet dadelik die oë van 'n groot blou ruspe
La chenille était assise sur le sommet du champignon
Die ruspe het bo-op die sampioen gesit
et la chenille avait croisé tous ses bras
en die ruspe het al sy arms gekruis
et il fumait tranquillement un long narguilé
en hy het rustig 'n lang waterpyp gerook
et il ne faisait pas la moindre attention à rien
en hy het nie die geringste kennis geneem van enigiets nie
et il n'a certainement pas fait attention à Alice
en hy het beslis nie aandag aan Alice gegee nie

Les conseils d'une chenille
Advies van 'n ruspe

Finalement, la chenille a retiré le narguilé de sa bouche
Uiteindelik het die ruspe die waterpyp uit sy mond gehaal
et il s'adressa à Alice d'une voix languissante et endormie
en hy het Alice met 'n traag, slaperige stem aangespreek
« Qui es-tu ? » demanda la chenille
"Wie is jy?" sê die ruspe

Alice a répondu, plutôt timidement : « Je sais à peine, monsieur. »
Alice antwoord, taamlik skaam, "Ek weet skaars, meneer"
« Juste pour le moment, c'est un peu... »
"Net op die oomblik is dit alles 'n bietjie ..."
« Je sais qui j'étais quand je me suis levé ce matin" »
"Ek weet wie ek was toe ek vanoggend opgestaan het""
« mais je pense que j'ai dû changer plusieurs fois depuis »
"maar ek dink ek moes sedertdien verskeie kere verander het"
« Qu'est-ce que tu veux dire par là ? » dit la chenille
"Wat bedoel jy daarmee?" sê die ruspe
sévèrement, la chenille lui demanda de s'expliquer

streng het die ruspe haar gevra om haarself te verduidelik
**— Je ne peux pas m'expliquer, j'en ai peur, monsieur, dit
Alice**
"Ek kan myself nie verduidelik nie, ek is bevrees, meneer," sê
Alice
« parce que je ne suis pas moi-même »
"omdat ek nie myself is nie"
**« Vous voyez, être de tant de tailles différentes en une
journée, c'est très déroutant »**
"Jy sien, om soveel verskillende groottes op 'n dag te wees, is
baie verwarrend"
Elle se redressa et dit très gravement :
Sy het haarself opgetrek en baie ernstig gesê:
« Je pense que tu devrais me dire qui tu es, en premier »
"Ek dink jy moet my eers vertel wie jy is"
« Pourquoi ? » demanda la chenille
"Hoekom?" sê die ruspe
Alice ne voyait aucune bonne raison
Alice kon nie aan enige goeie rede dink nie
**et la chenille semblait être dans un état d'esprit très
désagréable**
en dit lyk asof die ruspe in 'n baie onaangename
gemoedstoestand is
alors elle s'en retourna
toe draai sy weg
« Reviens ! » la chenille l'appela
"Kom terug!" roep die ruspe agter haar aan
« J'ai quelque chose d'important à dire ! »
"Ek het iets belangriks om te sê!"
Alice se retourna et revint
Alice draai om en kom weer terug
« Garde ton sang-froid », dit la chenille
"Hou jou humeur," sê die ruspe
— C'est tout ? dit Alice
"Is dit al?" sê Alice
Et elle ravala sa colère de son mieux
en sy sluk haar woede so goed as wat sy kon

« Non, » dit la chenille

"Nee," sê die ruspe

La chenille déplia ses bras

Die ruspe het sy arms oopgevou

Et il retira le narguilé de sa bouche

en hy het die waterpyp weer uit sy mond gehaal

et il a dit : « Vous pensez donc que vous avez changé, n'est-ce pas ? »

en hy het gesê: "So jy dink jy is verander, of hoe?"

— J'ai peur, je suis changée, monsieur, dit Alice

"Ek is bevrees, ek is verander, meneer," sê Alice

« Je ne me souviens plus des choses comme je m'en souvenais »

"Ek kan dinge nie onthou soos ek dit onthou het nie"

« et je ne reste pas plus de dix minutes de la même taille ! »

"en ek bly nie langer as tien minute dieselfde grootte nie!"

« Quelle taille veux-tu faire ? » demanda la chenille

"Watter grootte wil jy wees?" vra die ruspe

— Oh, ma taille ne me dérange pas particulièrement, répondit vivement Alice

"O, ek gee nie juis om watter grootte ek is nie," antwoord Alice haastig

« Je n'aime pas changer de taille si souvent, vous savez »

"Ek hou net nie daarvan om so gereeld van grootte te verander nie, weet jy"

« J'aimerais être un peu plus grand, monsieur »

"Ek wil graag 'n bietjie groter wees, meneer"

— Si cela ne vous dérange pas, ajouta Alice

"as jy nie sou omgee nie," het Alice bygevoeg

« Dix centimètres, c'est une taille si misérable »

"Tien sentimeter is so 'n ellendige hoogte om te wees"

« C'est une très bonne hauteur en effet ! » dit la chenille avec colère

"Dit is inderdaad 'n baie goeie hoogte!" sê die ruspe woedend

et il se redressa tout en parlant

en hy het regop opgestaan terwyl hy gepraat het

Il mesurait exactement dix centimètres de haut

Hy was presies tien sentimeter hoog

Au bout d'une minute ou deux, la chenille s'est détachée du champignon

Binne 'n minuut of twee het die ruspe van die sampioen afgeklim

et il s'enfonça en rampant dans l'herbe

en hy kruip weg in die gras

En s'éloignant, il fit quelques petites remarques

Toe hy weggaan, het hy 'n paar klein opmerkings gemaak

« Un côté vous fera grandir »

"Die een kant sal jou langer laat word"

« Et l'autre côté te fera rapetisser »

"en die ander kant sal jou korter laat word"

« Un côté de quoi ? » pensa Alice en elle-même

"Een kant van wat?" dink Alice by haarself

« L'autre côté de quoi ? »

"Die ander kant van wat?"

« Le côté du champignon », dit la chenille

"Die kant van die sampioen," sê die ruspe

C'était comme si elle avait posé sa question à haute voix

dit was asof sy haar vraag hardop gevra het

et un instant plus tard, il fut hors de vue

en in 'n ander oomblik was hy buite sig

Alice resta pensivement à regarder le champignon

Alice bly nadenkend na die sampioen kyk

Elle essayait de distinguer quels étaient les deux côtés du champignon

Sy het probeer uitvind wat die twee kante van die sampioen was

Enfin, elle étendit ses bras autour du champignon

Uiteindelik strek sy haar arms om die sampioen

Et elle cassa un peu les bords

en sy het 'n bietjie van die rande afgebreek

« Et maintenant, de quel côté est-ce ? » se dit-elle

"En nou, watter kant is wat?" het sy vir haarself gesê

et elle grignota un peu du mors de la main droite

en sy knibbel 'n bietjie van die regterkantse bietjie

L'instant d'après, elle sentit un violent coup sous son menton

Die volgende oomblik voel sy 'n hewige hou onder haar ken

Son menton avait heurté son pied !

haar ken het haar voet getref!

Elle fut bien effrayée par ce changement très soudain

Sy was baie bang vir hierdie baie skielike verandering

Elle rétrécissait très rapidement

sy het baie vinnig gekrimp

Alors elle a rapidement mangé un peu de l'autre morceau de champignon

so sy het vinnig van die ander bietjie sampioen geëet

Son menton était très serré contre son pied

Haar ken was baie styf teen haar voet gedruk

Il y avait à peine de la place pour ouvrir la bouche

daar was skaars plek om haar mond oop te maak

mais elle parvint enfin à ouvrir la bouche

maar sy het uiteindelik daarin geslaag om haar mond oop te maak

et elle avala un morceau du mors de la main gauche

en sy sluk 'n stukkie van die linkerhandse bietjie

« Ma tête a enfin été libérée ! » dit Alice

"my kop is uiteindelik bevry!" sê Alice

Elle baissa les yeux sur elle-même

Sy kyk af na haarself

mais tout ce qu'elle pouvait voir, c'était une immense longueur de cou

maar al wat sy kon sien, was 'n ontsaglike lengte nek

Son cou semblait se dresser comme une tige

Dit lyk asof haar nek soos 'n steel styg

et elle baissa les yeux sur une mer de feuilles vertes

en sy kyk af oor 'n see van groen blare

« Où sont passées mes épaules ? »

"Waar het my skouers gekom?"

« Et oh, mes pauvres mains, comment se fait-il que je ne puisse pas vous voir ? »

"En o, my arme hande, hoe is dit dat ek jou nie kan sien nie?"

Mais son cou avait un avantage
Maar haar nek het wel een voordeel gehad
Elle pouvait bouger la tête dans n'importe quelle direction
sy kon haar kop in enige rigting beweeg
En fait, elle était comme un serpent
trouens, sy was net soos 'n slang
Elle zigzague gracieusement, la tête baissée
Sy sigsag haar kop grasieus af
et elle remua la tête à travers les arbres
en sy beweeg haar kop deur die bome
Mais elle entendit alors un sifflement aigu
maar toe hoor sy 'n skerp gesis
Et elle tira rapidement la tête en arrière
en sy trek vinnig haar kop terug
Un gros pigeon lui avait volé au visage
'n Groot duif het in haar gesig gevlieg
et le pigeon était violemment avec ses ailes
en die duif was gewelddadig met sy vlerke

« Serpent ! » cria le pigeon
"Slang!" roep die duif
« Je ne suis pas un serpent ! » dit Alice avec indignation
"Ek is nie 'n slang nie!" sê Alice verontwaardig
« Laisse-moi tranquille ! »
"Los my uit!"
« J'ai essayé les racines des arbres »
"Ek het die wortels van bome probeer"
— Et j'ai essayé des haies, continua le pigeon
"en ek het heinings probeer," het die duif voortgegaan
« Mais ces serpents ! Il n'y a pas moyen de leur plaire !
"Maar daardie slange! Daar is geen behaag om hulle te behaag nie!"
Alice était de plus en plus perplexe
Alice was al hoe meer verbaas
« Comme si ce n'était pas assez compliqué de faire éclore les œufs », a déclaré le pigeon
"Asof dit nie genoeg moeite was om die eiers uit te broei nie," sê die duif
« Nuit et jour, je dois aussi faire attention aux serpents ! »
"Nag en dag moet ek ook op die uitkyk wees vir slange!"
« Je venais de trouver l'arbre le plus haut de la forêt »
"Ek het pas die hoogste boom in die bos gevind"
« Je serais sûrement libre des serpents ici ? »
"Ek sou sekerlik vry wees van slange hier?"
« Et un serpent sort du ciel ! »
"En daar kom 'n slang uit die lug!"
« Mais je ne suis pas un serpent, je vous le dis ! » dit Alice
"Maar ek is nie 'n slang nie, sê ek vir jou!" sê Alice
"Je suis un... Je suis un... Je suis une petite fille, ajouta-t-elle d'un air un peu dubitatif
"Ek is 'n ... Ek is 'n ... Ek is 'n dogtertjie," het sy nogal twyfelagtig bygevoeg
Après tout, elle avait traversé beaucoup de changements
Sy het immers deur baie veranderinge gegaan
« Tu cherches des œufs », dit le pigeon
"Jy soek eiers," sê die duif

« Je le sais pertinemment »
"Ek weet dit vir 'n feit"
« Et qu'importe que vous soyez une petite fille ou un serpent ? »
"En wat maak dit saak of jy 'n dogtertjie of 'n slang is?"
— Cela m'importe beaucoup, dit Alice à la hâte
"Dit maak baie saak vir my," sê Alice haastig
« mais je ne cherche pas d'œufs, en l'occurrence »
"maar ek soek nie eiers nie, soos dit gebeur"
« et je ne voudrais pas de tes œufs de toute façon »
"en ek sal in elk geval nie jou eiers wil hê nie"
« Je n'aime pas mes œufs crus »
"Ek hou nie van my eiers rou nie"
« Eh bien, allez-vous-en ! » dit le pigeon d'un ton boudeur
"Wel, gaan dan weg!" sê die duif op 'n nors toon
et le pigeon se posa de nouveau dans son nid
en die duif het weer in sy nes gaan sit
Alice s'accroupit parmi les arbres du mieux qu'elle put
Alice hurk so goed as wat sy kan tussen die bome
Son cou ne cessait de s'emmêler parmi les branches
haar nek het aanhoudend tussen die takke verstrengel geraak
De temps en temps, elle devait s'arrêter et se tordre le cou
Elke nou en dan moes sy stop en haar nek losdraai
Au bout d'un moment, elle se souvint du champignon
Na 'n rukkie onthou sy die sampioen
Elle tenait toujours les morceaux de champignon dans ses mains
Sy het nog steeds die stukkies sampioen in haar hande gehou
et elle se mit à l'œuvre avec beaucoup de soin
en sy het baie versigtig aan die werk gegaan
D'abord, elle a grignoté un morceau
Eers knibbel sy aan een stuk
puis elle grignota l'autre morceau
en toe knibbel sy aan die ander stuk
Parfois, elle grandissait
Soms het sy langer geword
et parfois elle devenait plus petite

en soms het sy korter geword
Mais finalement, elle a atteint sa taille habituelle
maar uiteindelik het sy haar gewone lengte bereik
Elle n'avait pas été de sa taille depuis un certain temps
sy was 'n geruime tyd nie haar eie lengte nie
Tout m'a semblé étrange pendant un moment
So alles het vir 'n rukkie vreemd gevoel
« La prochaine chose à faire est d'entrer dans ce beau jardin »
"Die volgende ding om te doen is om in daardie pragtige tuin te kom"
« Comment cela se fera-t-il, je me demande ? »
"hoe moet dit gedoen word, wonder ek?"
En disant cela, elle tomba sur un endroit ouvert
Terwyl sy dit gesê het, het sy op 'n oop plek afgekom
Il y avait une petite maison, un peu plus haute qu'un mètre
daar was 'n huisie, 'n bietjie hoër as 'n meter
« Je me demande qui habite cette petite maison »
"Ek wonder wie in hierdie huisie woon"
« Je ne peux certainement pas y aller aussi grand que je le suis »
"Ek kan beslis nie so groot soos ek ingaan nie"
« Je les effrayerais terriblement ! »
"Ek sal hulle verskriklik bang maak!"
alors elle grignota à nouveau le petit champignon
so sy knibbel weer aan die klein sampioen
et bientôt elle s'abaissa de trente centimètres
en gou het sy haarself dertig sentimeter afgebring

Un cochon et du poivre
'N en 'n bietjie peper

Pendant une minute ou deux, elle resta à regarder la maison

Vir 'n minuut of twee het sy na die huis gestaan en kyk

Soudain, un valet de pied sortit en courant des bois

Skielik kom 'n lakei uit die bos aangehardloop

Il portait un uniforme de livrée spécial

Hy het 'n spesiale leweringsuniform gedra

à en juger par son seul visage, elle l'aurait traité de poisson

Te oordeel aan sy gesig net, sou sy hom 'n vis genoem het

et il frappa bruyamment à la porte avec ses jointures

en hy klop hard aan die deur met sy kneukels

La porte fut ouverte par un autre valet de pied

Die deur is deur 'n ander lakei oopgemaak

Ce valet de pied portait également une livrée spéciale

Hierdie lakei het ook 'n spesiale lewering gedra

Ce valet de pied avait un visage rond et de grands yeux comme une grenouille

Hierdie lakei het 'n ronde gesig en groot oë soos 'n padda gehad

C'est le valet de pied qui ressemblait à un poisson qui a initié la cérémonie

Die lakei wat soos 'n vis gelyk het, het die seremonie begin

Il sortit quelque chose de sous son bras

Hy trek iets onder sy arm uit

et il tira de dessous son bras une enveloppe

en hy het 'n koevert onder sy arm uitgehaal

et cette enveloppe, il la remit à l'autre valet de pied

en hierdie koevert het hy aan die ander lakei oorhandig

D'un ton cérémoniel, il lui donna les ordres

op 'n seremoniële toon het hy hom die bevele vertel

« Ce message s'adresse à la duchesse »

"Hierdie boodskap is vir die hertogin"

« Une invitation de la reine à jouer au croquet »

"'n Uitnodiging van die koningin om kroket te speel"

Le valet de pied qui ressemblait à une grenouille répéta l'ordre

Die lakei wat soos 'n padda gelyk het, het die bevel herhaal

« De la reine »

"Van die koningin"

« Une invitation »

"'n uitnodiging"

« pour la duchesse »

"vir die hertogin"

« Jouer au croquet »

"Speel kroket"

Puis ils s'inclinèrent tous les deux

Toe buig hulle albei laag

et les boucles de leurs perruques s'emmêlèrent

en die krulle in hul pruike het aan mekaar verstrengel geraak

Bientôt, le valet de pied qui ressemblait à un poisson a disparu

Gou was die lakei wat soos 'n vis gelyk het, weg

Mais le valet de pied qui ressemblait à une grenouille était toujours là

maar die lakei wat soos 'n padda gelyk het, was nog steeds

daar
Il était assis par terre près de la porte
Hy het op die grond naby die deur gesit
Il regardait bêtement le ciel
hy staar dom in die lug op
Alice s'approcha timidement de la porte et frappa
Alice het skugter na die deur gegaan en geklop
— Il ne sert à rien de frapper, dit le valet de pied
"Daar is geen nut om te klop nie," sê die lakei
« Et ce, pour deux raisons »
"En dit is om twee redes"
« D'abord, parce que je suis du même côté de la porte que toi »
"Eerstens, omdat ek aan dieselfde kant van die deur as jy is"
« Deuxièmement, parce qu'ils font tellement de bruit à l'intérieur »
"Tweedens, omdat hulle soveel geraas binne maak"
« Personne ne pouvait vous entendre »
"Niemand kon jou moontlik hoor nie"
Et il y avait certainement un bruit des plus extraordinaires à l'intérieur
En daar was beslis 'n buitengewone geraas aan die gang binne
des hurlements et des éternuements constants
'n konstante gehuil en nies
et de temps en temps un bruit de grand fracas
en elke nou en dan 'n geluid van groot gestamp
comme si un plat ou une bouilloire avait été brisé en morceaux
asof 'n skottel of ketel in stukke gebreek is
« Comment vais-je entrer ? » demanda Alice
"Hoe moet ek inkom?" vra Alice
— Faut-il que tu entres ? dit le valet de pied
"Moet jy enigsins inklim?" sê die lakei
« C'est la première question, vous savez »
"Dit is die eerste vraag, jy weet"
Alice ouvrit la porte et entra
Alice maak die deur oop en gaan in

La porte menait directement à une grande cuisine
Die deur lei reguit na 'n groot kombuis
La cuisine était pleine de fumée d'un bout à l'autre
Die kombuis was vol rook van die een kant na die ander
au milieu de la cuisine se trouvait la duchesse
in die middel van die kombuis was die hertogin
Elle était assise sur un tabouret à trois pieds
Sy het op 'n driepootstoel gesit
et elle allaitait un bébé
en sy het 'n baba geverpleeg
Le cuisinier était penché au-dessus du feu
Die kok leun oor die vuur
Il remuait un grand chaudron
Hy het 'n groot ketel geroer
et le chaudron semblait être plein de soupe
en dit lyk asof die ketel vol sop is
« Il y a certainement trop de poivre dans cette soupe ! » Alice se dit
"Daar is beslis te veel peper in daardie sop!" Sê Alice vir haarself
Elle l'a dit du mieux qu'elle a pu sans éternuer
Sy het dit so goed as moontlik gesê sonder om te nies
Même la duchesse éternuait de temps en temps
Selfs die hertogin het af en toe nies
Mais les actions du bébé étaient les plus remarquables
Maar die baba se optrede was die opmerklikste
Le bébé éternuait et hurlait alternativement
Die baba nies en huil afwisselend
Il n'y avait pas un instant de pause entre les hurlements et les éternuements
daar was nie 'n oomblik se pouse tussen gehuil en nies nie
Il y avait deux créatures dans la cuisine qui n'éternuaient pas
Daar was twee wesens in die kombuis wat nie nies het
Le cuisinier était trop occupé pour éternuer
Die kok was te besig om te nies
et le gros chat ne semblait pas se soucier du poivre

en dit lyk asof die groot kat nie omgee vir die peper nie
Au lieu de cela, le gros chat souriait d'une oreille à l'autre
In plaas daarvan glimlag die groot kat van oor tot oor
— Pourriez-vous me le dire, s'il vous plaît, dit Alice un peu timidement
"Wil jy my asseblief vertel," sê Alice, 'n bietjie skugter
« Pourquoi ton chat sourit-il comme ça ? »
"Hoekom glimlag jou kat so?"
« C'est un Cheshire-Cat, » dit la duchesse
"Dit is 'n Cheshire-Cat," sê die hertogin
« Et c'est pourquoi il sourit d'une oreille à l'autre »
"En dit is hoekom hy van oor tot oor glimlag"
« Je ne savais pas qu'un Cheshire-Cat souriait toujours »
"Ek het nie geweet dat 'n Cheshire-Cat altyd glimlag nie"
« En fait, je ne savais pas que les chats pouvaient sourire », a déclaré Alice
"Trouens, ek het nie geweet dat katte kan glimlag nie," het Alice gesê
— Il y a beaucoup de choses que vous ne savez pas, dit la duchesse
"daar is baie wat jy nie weet nie," sê die hertogin
« Il y a beaucoup de choses que vous ne savez pas et c'est un fait »
"Daar is baie wat jy nie weet nie en dit is 'n feit"
Juste à ce moment-là, le cuisinier retira le chaudron de soupe du feu
Net toe haal die kok die ketel sop van die vuur af
et aussitôt, elle commença à jeter tout ce qui était à sa portée
en dadelik het sy alles binne haar bereik begin gooi
elle jeta tout ce qu'elle put sur la duchesse et le bébé
sy het alles wat sy kon na die hertogin en die baba gegooi
D'abord, elle jeta les fers à feu
Eers het sy die vuurysters gegooi
Puis elle a jeté une poignée de casseroles
Toe gooi sy 'n handvol kastrolle
et enfin elle jeta les assiettes et les plats
en uiteindelik gooi sy die borde en skottelgoed

La duchesse ne fit pas attention à elle
Die hertogin het geen kennis van haar geneem nie
Même lorsqu'elle a été frappée par une assiette, elle ne s'est pas inquiétée
Selfs toe sy deur 'n bord getref is, was sy nie bekommerd nie
Le bébé hurlait déjà tellement
Die baba het al so baie gehuil
Il était donc impossible de dire si les coups blessaient le bébé ou non
Dit was dus onmoontlik om te sê of die houe die baba seergemaak het of nie
« Oh, je vous en prie, faites attention à ce que vous faites ! » s'écria Alice
"O, let asseblief op wat jy doen!" roep Alice
et elle sautait de haut en bas dans une agonie de terreur
en sy het op en af gespring in 'n pyn van vrees
la duchesse offrit le bébé à Alice
die hertogin het Alice die baba aangebied
« Ici ! Tu peux allaiter un peu le bébé, si tu veux !
"Hier! Jy kan die baba 'n bietjie soog, as jy wil!"
et elle lui lança l'enfant tout en parlant
en sy gooi die baba na haar toe terwyl sy praat
« Je dois aller me préparer à jouer au croquet avec la reine »
"Ek moet gaan en gereed maak om kroket met die koningin te speel"
et elle se hâta de sortir de la chambre
en sy haastig uit die kamer
Alice attrapa le bébé avec quelque difficulté
Alice het die baba met moeite gevang
parce que c'était une petite créature de forme très étrange
want dit was 'n baie vreemde klein wese
et l'enfant tendit les bras et les jambes dans toutes les directions
en die baba het sy arms en bene in alle rigtings uitgesteek
« Je ferais mieux d'emmener cet enfant avec moi », pensa Alice
"Ek moet beter hierdie kind saamneem," dink Alice

« Ils sont sûrs de tuer ce bébé dans un jour ou deux »
"Hulle sal sekerlik hierdie baba binne 'n dag of twee doodmaak"
« Ne serait-ce pas un meurtre de laisser ce bébé derrière soi ? »
"Sou dit nie moord wees om hierdie baba agter te laat nie?"
Elle prononça les derniers mots à haute voix
Sy het die laaste woorde hardop gesê
Et la petite créature grogna en réponse
en die klein dingetjie grom in antwoord
« Tu ferais mieux de ne pas te transformer en cochon, ma chère, » dit Alice
"Jy moet beter nie in 'n verander nie, my skat," sê Alice
« ou alors je n'aurai plus rien à faire avec toi »
"anders het ek niks meer met jou te doen nie"
Alice commençait à peine à penser en elle-même :
Alice het net by haarself begin dink:
« Maintenant, que vais-je faire de cette créature, quand je la ramène à la maison ? »
"Nou, wat moet ek met hierdie wese doen as ek dit by die huis kry?"
Mais alors la petite créature grogna un peu violemment
maar toe grom die klein wese 'n bietjie gewelddadig
et Alice baissa les yeux sur son visage avec une certaine inquiétude
en Alice kyk in sy gesig af in 'n mate van ontsteltenis
Cette fois, il ne pouvait y avoir d'erreur à ce sujet
Hierdie keer kon daar geen fout daaroor wees nie
Ce n'était ni plus ni moins qu'un cochon
dit was nie meer of minder as 'n nie
alors elle déposa la petite créature
toe sit sy die klein diertjie neer
et la petite créature s'éloigna tranquillement dans le bois
en die klein wese draf stil weg in die bos
Alice se sentit tout à fait soulagée de voir la créature partir
Alice was baie verlig om die wese te sien gaan
Alice fut un peu surprise en voyant le Chat-Cheshire

Alice was 'n bietjie geskrik toe sy die Cheshire-Cat sien

Il était assis sur une branche d'arbre à quelques mètres de là

dit het op 'n tak van 'n boom 'n paar meter verder gesit

Le chat ne sourit que lorsqu'il la vit

Die kat glimlag net toe hy haar sien

« Chat du Cheshire », commença Alice un peu timidement

"Cheshire-kat," begin Alice, nogal skugter

« Pourriez-vous s'il vous plaît me dire dans quelle direction je dois aller à partir d'ici ? »

"Sal jy asseblief vir my sê watter kant toe ek van hier af moet gaan?"

« Dans cette direction », dit le chat

"In daardie rigting," het die kat gesê

et il agita la patte droite

en dit waai die regterpoot rond

« C'est dans cette direction que vit un fabricant de chapeaux »

"In daardie rigting woon 'n maker van hoede"

puis le chat agita son autre patte

en toe waai die kat sy ander poot

« Et dans cette direction vit un lièvre de marche »

"en in daardie rigting woon 'n maarthaas"

« Visitez l'un ou l'autre de vos goûts ; Ils sont tous les deux fous"

"Besoek óf jy wil; hulle is albei kwaad"

— Mais je ne veux pas aller parmi des fous, remarqua Alice

"Maar ek wil nie tussen mal mense gaan nie," het Alice opgemerk

« Oh, tu ne peux pas t'en empêcher, » dit le Chat

"O, jy kan dit nie help nie," sê die kat

« Nous sommes tous fous ici »

"Ons is almal mal hier"

« Tu joues au croquet avec la reine aujourd'hui ? »

"Speel jy vandag kroket met die koningin?"

— J'aimerais beaucoup, dit Alice

"Ek wil baie graag," sê Alice

« mais je n'ai pas encore été invité »

"maar ek is nog nie genooi nie"
« Tu me verras là-bas », dit le Chat
"Jy sal my daar sien," sê die kat
et d'un instant à l'autre le chat disparaissait
en van die een oomblik na die volgende het die kat verdwyn
bientôt Alice arriva en vue de la maison du lièvre de marche
gou het Alice die huis van die maarthaas in sig gekry
C'était une très grande maison
Dit was 'n baie groot huis
alors Alice ne voulait pas s'approcher de la maison
so Alice wou nie naby die huis gaan nie
D'abord, elle a dû grignoter un peu plus du morceau de champignon du côté gauche
Eers moes sy nog 'n bietjie van die linkerkant sampioen knibbel

Un thé fou

'n mal teepartytjie

Devant la maison, il y avait un arbre
Voor die huis was daar 'n boom
et sous l'arbre, il y avait une table
en onder die boom was daar 'n tafel
et la table était dressée avec toutes sortes de couverts
en die tafel was gedek met allerhande eetgerei
Le lièvre de mars et le chapelier étaient à table
Die Maarthaas en die hoedemaker was aan tafel
et ensemble ils prenaient le thé
en saam het hulle tee gedrink
Un loir était assis entre eux
'n slaapmuis het tussen hulle gesit
et le loir dormait profondément
en die slaapmuis was vas aan die slaap
La table était d'une taille extraordinaire
Die tafel was van buitengewone grootte
mais la majeure partie de la table était inoccupée
maar die grootste deel van die tafel was onbeset
**Ils étaient assis serrés les uns contre les autres dans un coin
de la table**
Hulle het saamgedrom by die een hoek van die tafel gesit
et pourtant ils s'excusaient quand ils voyaient Alice
en tog het hulle verskonings gemaak toe hulle Alice sien
« Pas de place ! Pas de place ! » crièrent-ils
"Geen plek nie! Geen plek nie!" het hulle uitgeroep
« Il y a beaucoup de place ! » dit Alice avec indignation
"Daar is genoeg plek!" sê Alice verontwaardig
**À l'une des extrémités de la table, il y avait un grand
fauteuil**
Aan die een kant van die tafel was daar 'n groot leunstoel
et Alice s'assit dans le fauteuil
en Alice sit haarself in die leunstoel
Le chapelier ouvrit de grands yeux
Die hoedemaker het sy oë baie wyd oopgemaak
Il n'arrivait pas à croire ce qu'il voyait

Hy kon nie glo wat hy sien nie
Mais son esprit était curieux d'autres choses
maar sy gedagtes was nuuskierig oor ander dinge
« Pourquoi un corbeau est-il comme un bureau ? »
"Waarom is 'n raaf soos 'n skryftafel?"
Alice était prête à relever le défi
Alice was oop vir die uitdaging
« Je suis content qu'ils aient commencé à poser des énigmes »
"Ek is bly hulle het raaisels begin vra"
— Je crois que je peux le deviner, ajouta-t-elle à haute voix
"Ek glo ek kan dit raai," het sy hardop bygevoeg
Le lièvre de mars s'est curieux de connaître Alice
Die marshaas het nuuskierig geword oor Alice
« Pensez-vous vraiment que vous pouvez trouver la réponse ? »
"Dink jy regtig jy kan die antwoord vind?"
— Je crois que je peux trouver la réponse, en effet, dit Alice
"Ek dink ek kan inderdaad die antwoord vind," sê Alice
« Alors, tu devrais dire ce que tu veux dire », continua le lièvre de marche
"Dan moet jy sê wat jy bedoel," het die marshaas voortgegaan
— Je dis ce que je pense, répondit vivement Alice
"Ek sê wat ek bedoel," antwoord Alice haastig
« à tout le moins, je pense ce que je dis »
"ten minste bedoel ek wat ek sê"
« C'est la même chose, vous savez »
"Dit is dieselfde ding, jy weet"
Le loir a également contribué à la conversation
Die slaapmuis het ook bygedra tot die gesprek
mais le loir semblait parler dans son sommeil
maar dit lyk asof die slaapmuis in sy slaap praat
« Je respire quand je dors »
"Ek haal asem as ek slaap"
« Je dors quand je respire ! »
"Ek slaap as ek asemhaal!"
« Autant dire qu'ils sont les mêmes aussi »

"Jy kan net sowel sê hulle is ook dieselfde"

« C'est la même chose pour toi », dit le chapelier

"Dit is dieselfde ding met jou," sê die hoedemaker

Et il versa un peu de thé sur le nez du loir

en hy gooi 'n bietjie tee op die slaapmuis se neus

Le Loir secoua la tête avec impatience

Die slaapmuis skud ongeduldig sy kop

et le loir parla de nouveau, sans ouvrir les yeux

en weer het die slaapmuis gepraat, sonder om sy oë oop te maak

« Bien sûr, bien sûr que c'est la même chose »

"Natuurlik is dit dieselfde"

« C'est juste ce que j'allais dire moi-même »

"dit is net wat ek self gaan sê"

Le chapelier se tourna vers Alice et lui posa une autre question

Die hoedemaker draai na Alice en vra nog 'n vraag

« As-tu déjà deviné l'énigme ? »

"Het jy al die raaisel geraai?"

« Non, j'abandonne », a concédé Alice

"Nee, ek gee moed op," het Alice toegegee

« Quelle est la réponse ? » voulait-elle savoir

"Wat is die antwoord?" wou sy weet

— Je n'en ai pas la moindre idée, dit le chapelier

"Ek het nie die geringste idee nie," sê die hoedemaker
« Moi non plus, » dit le lièvre de marche
"Ek weet ook nie," sê die marshaas
Alice poussa un soupir de lassitude
Alice sug moeë
« Il y a de meilleures utilisations du temps que des énigmes sans réponses »
"Daar is beter gebruike van tyd as raaisels sonder antwoorde"
« Prends encore du thé », dit le lièvre de marche à Alice, très sérieusement
"Drink nog 'n bietjie tee," sê die marshaas vir Alice, baie ernstig
Alice était assez offensée par l'offre
Alice was nogal beledig deur die aanbod
— Je n'ai pas encore pris de thé, répondit Alice
"Ek het nog nie tee gedrink nie," antwoord Alice
« donc je ne peux plus prendre de thé »
"daarom kan ek nie meer tee drink nie"
— Vous voulez dire que vous ne pouvez pas prendre moins de thé, dit le chapelier
"Jy bedoel jy kan nie minder tee drink nie," sê die hoedemaker
« C'est très facile de prendre plus que rien »
"Dit is baie maklik om meer as niks te neem nie"
À ces mots, Alice se leva et s'en alla
Hierop het Alice opgestaan en weggestap
Le loir s'endormit instantanément
Die slaapmuis het onmiddellik aan die slaap geraak
et ni l'un ni l'autre ne firent la moindre attention à son départ
en nie een van die ander het die minste kennis geneem van haar vertrek nie
bien qu'elle ait regardé en arrière une ou deux fois
alhoewel sy een of twee keer teruggekyk het
Ils essayaient de mettre le loir dans la théière
Hulle het probeer om die slaapmuis in die teepot te sit
« En tout cas, je n'y retournerai plus ! » dit Alice
"Ek sal in elk geval nooit weer soontoe gaan nie!" sê Alice

et elle se fraya un chemin à travers les bois
en sy het haar pad deur die bos gestap
« c'était le thé le plus stupide auquel j'aie jamais assisté »
"dit was die domste teepartytjie waarby ek nog ooit was"
Juste au moment où elle disait cela, elle remarqua quelque chose
Net toe sy dit sê, het sy iets opgemerk
L'un des arbres avait une porte qui y menait directement
een van die bome het 'n deur gehad wat reg daarin gelei het
« C'est très intéressant ! » a-t-elle pensé
"Dis baie interessant!" het sy gedink
« Je pense que je peux aussi bien passer la porte »
"Ek dink ek kan net sowel deur die deur gaan"
Et elle passa par la porte
En deur die deur het sy gegaan
Une fois de plus, elle se retrouva dans le long couloir
Weereens bevind sy haarself in die lang saal
de nouveau, elle était près de la petite table de verre
Weer was sy naby die klein glastafeltjie
Elle prit la petite clé d'or
Sy het die klein goue sleutel geneem
et elle ouvrit la porte qui donnait sur le jardin
en sy het die deur oopgesluit wat na die tuin gelei het
Puis elle s'est mise au travail pour grignoter le champignon
Toe begin sy aan die werk om aan die sampioen te peusel
Elle avait gardé un morceau du champignon dans sa poche
Sy het 'n stukkie van die sampioen in haar sak gehou
Et finalement, elle mesurait environ un mètre
en uiteindelik was sy omtrent 'n meter lank
Puis elle descendit le petit couloir
toe stap sy in die gangjie af
Et puis elle s'est finalement retrouvée dans le magnifique jardin
en toe bevind sy haarself uiteindelik in die pragtige tuin
et elle était parmi les fleurs brillantes et les fontaines fraîches
en sy was tussen die helder blom en die koel fonteine

Le terrain de croquet de la reine
Die koningin se kroketgrond
Un grand rosier se dressait près de l'entrée du jardin
'n Groot roosboom het naby die ingang van die tuin gestaan
Les roses qui poussaient sur l'arbre étaient blanches
Die rose wat aan die boom gegroei het, was wit
Mais il y avait trois jardiniers qui peignaient la rose
Maar daar was drie tuiniers wat die roos geverf het
Ils étaient occupés à peindre les roses en rouge
Hulle was besig om die rose rooi te verf
et Alice les regardait peindre les roses en rouge
en Alice kyk hoe hulle die rose rooi verf
et soudain leurs yeux tombèrent par hasard sur Alice
en skielik val hul oë toevallig op Alice
Alice parlait un peu timidement
Alice praat 'n bietjie skugter
« Pourriez-vous me le dire, s'il vous plaît ? »
"Sal jy my asseblief vertel;"
« Pourquoi peignez-vous tous ces roses ? »
"Hoekom skilder julle almal daardie rose?"
cinq et sept ne dirent rien, mais regardèrent deux
vyf en sewe het niks gesê nie, maar na twee gekyk
deux d'entre eux parlèrent à voix basse
Twee het met 'n lae stem gepraat
— Eh bien, le fait est, voyez-vous, madame.
"Hoekom, die feit is, jy sien, mevrou"
« Celui-ci aurait dû être un rosier rouge »
"Dit hier moes 'n rooi roosboom gewees het"
« Et nous avons mis un rosier blanc par erreur »
"en ons het per ongeluk 'n wit roosboom ingesit"
« Comme vous en conviendrez, la reine ne doit pas le découvrir »
"Soos jy sou saamstem, moet die koningin nie uitvind nie"
« Sinon, nous aurions tous la tête tranchée »
"anders sou ons almal ons koppe afgekap hê"
« Alors vous voyez, madame, nous faisons de notre mieux »
"So jy sien, mevrou, ons doen ons bes"

La cinquième carte avait regardé anxieusement à travers le jardin
Kaart vyf het angstig oor die tuin gekyk
À ce moment, la cinquième carte cria : « La dame ! La reine !
Op hierdie oomblik het kaart vyf uitgeroep: "Die koningin!
Die koningin!"
Et les trois jardiniers s'enfuirent aussitôt
en die drie tuiniers skarrel onmiddellik weg
et ils se jetèrent à plat ventre
en hulle het hulself plat op hul gesigte gegooi
Il y eut un bruit de nombreux pas
Daar was 'n geluid van baie voetstappe
Alice regarda autour d'elle, impatiente de voir la reine
Alice kyk rond, gretig om die koningin te sien
Au début de la procession se trouvaient dix soldats
Aan die begin van die optog was tien soldate
leurs mains et leurs pieds étaient dans les coins
hul hande en voete was in die hoeke
et dans leurs mains et leurs pieds étaient des massues
en in hulle hande en voete was knuppels
Venaient ensuite les dix courtisans
Daarna het die tien hofdienaars gekom
Les courtisans étaient partout ornés de diamants
die hofdienaars was oraloor versier met diamante
Après les courtisans sont venus les enfants royaux
Na die hofdienaars het die koninklike kinders gekom
Il y avait dix enfants royaux
Daar was tien van die koninklike kinders
et tous les enfants royaux étaient ornés de cœurs
en al die koninklike kinders was versier met harte
Venaient ensuite les invités ; principalement des rois et des reines
Volgende het die gaste gekom; meestal konings en koninginne
et parmi les rois et la reine, Alice vit quelqu'un
en tussen die konings en koningin Alice het iemand gesien
Elle revit le lapin blanc qu'elle avait chassé
Sy sien weer die wit haas wat sy gejaag het

Le cortège était suivi par le valet de cœur
Die optog is gevolg deur die knav of harte
Il portait la couronne du roi
Hy het die koning se kroon gedra
et la couronne du roi était sur un coussin de velours cramoisi
en die koning se kroon was op 'n bloedrooi fluweelkussing
Et puis vint la fin de ce grand cortège
en toe kom die einde van hierdie groot optog
Et là, à la fin, il y avait le Roi et la Reine de Cœur
en daar aan die einde was die koning en koningin van harte
le cortège arriva en face d'Alice
die optog het teenoor Alice gekom
et ils s'arrêtèrent tous et la regardèrent
en hulle het almal gestop en na haar gekyk
et la reine dit sévèrement : « Qui est-ce ? »
en die koningin sê ernstig: "Wie is dit?"
Elle l'a dit au Valet de Cœur
Sy het dit vir die Knave of Hearts gesê
Mais il s'est contenté de s'incliner et de sourire en réponse
maar hy het net gebuig en geglimlag in antwoord
Alice parla très poliment
Alice het baie beleefd gepraat
« Je m'appelle Alice, alors faites plaisir à Votre Majesté »
"My naam is Alice, so asseblief u majesteit"
Mais elle avait d'autres pensées pour elle-même
maar sy het ander gedagtes vir haarself gehad
« Ce n'est qu'un jeu de cartes, après tout ! »
"Hulle is tog net 'n pak kaarte!"
« Savez-vous jouer au croquet ? » cria la reine
"Kan jy kroket speel?" skree die koningin
La question était évidemment destinée à Alice
Die vraag was klaarblyklik vir Alice bedoel
— Oui ! dit Alice d'une voix forte
"Ja!" sê Alice hard
« Venez jouer alors ! » rugit la reine
"Kom speel dan!" brul die koningin
une voix timide s'adressa à Alice

'n skugter stem het met Alice gepraat
« C'est une très belle journée ! »
"Dit is 'n baie mooi dag!"
Elle se promenait près du lapin blanc
Sy het by die wit haas geloop
et le Lapin Blanc jetait un coup d'œil anxieux sur son visage
en die Wit Konyn loer angstig in haar gesig
« Une très belle journée, en effet, confirma Alice
"'n baie mooi dag inderdaad," bevestig Alice
« Où est la duchesse ? »
"Waar is die hertogin?"
« Chut ! Chut ! dit le Lapin
"Stil! Stil!" sê die haas
« Elle est sous le coup d'une sentence d'exécution »
"Sy is onder teregstellingsvonnis"
« Pourquoi est-elle exécutée ? » demanda Alice
"Waarvoor word sy tereggestel?" vra Alice
« Elle a éraflé les oreilles de la reine », commença le lapin
"Sy het die koningin se ore geskuur," het die haas begin
cria la reine d'une voix de tonnerre
Die koningin skree met 'n stem van donderweer
« Retournez à vos endroits ! »
"Kom na jou plekke!"
et les gens se mirent à courir dans toutes les directions
en mense het in alle rigtings begin rondhardloop
et ils tombèrent tous les uns contre les autres
en hulle het almal teen mekaar getuimel
Cependant, ils se sont calmés en une minute ou deux
Hulle het egter binne 'n minuut of twee gevestig
Et puis le jeu a commencé
En toe begin die speletjie
Alice n'avait jamais vu un terrain de croquet aussi curieux
Alice het nog nooit so 'n eienaardige kroketgrond gesien nie
L'herbe n'était que crêtes et sillons
die gras was almal rante en vore
Les boules de croquet étaient de vrais hérissons
Die kroketballe was regte krimpvarkies

Et les maillets étaient de vrais flamants roses
en die hamers was regte flaminke
et les soldats se tinrent sur leurs mains et leurs pieds
en die soldate het op hul hande en voete gestaan
Parce que les arches ont été faites à partir de leurs corps
omdat die boë van hul liggame gemaak is
Les joueurs ont tous joué en même temps
Die spelers het almal gelyktydig gespeel
Personne n'attendait son tour
niemand het gewag vir hul beurte nie
et tout le monde se querellait avec tout le monde
en almal het met almal getwis
et tous se battaient pour les hérissons
en almal het vir die krimpvarkies geveg
Bientôt, la reine fut dans une colère furieuse
Gou was die koningin in 'n woedende passie
et elle s'est mise à piétiner et à crier
en sy begin rondstamp en skree
« Coupez-lui la tête ! »
"Kap sy kop af!"
« Coupez-lui la tête ! »
"Kap haar kop af!"
« Coupez-leur la tête ! »
"Kap al hul koppe af!"
De nouveau, Alice pensa en elle-même
Weer dink Alice by haarself
« Ils sont affreusement friands de décapiter les gens ici »
"Hulle is vreeslik lief daarvoor om mense hier te onthoof"
**« Ce qui est très étonnant, c'est qu'il reste quelqu'un en vie !
»**
"Die groot wonder is dat daar iemand oor is!"
Elle cherchait un moyen de s'échapper
Sy het rondgekyk na 'n manier om te ontsnap
Elle remarqua une curieuse apparition dans l'air
Sy het 'n nuuskierige voorkoms in die lug opgemerk
« C'est le chat du Cheshire », se dit-elle
"Dit is die Cheshire-kat," sê sy vir haarself

« maintenant j'aurai quelqu'un à qui parler »
"nou sal ek iemand hê om mee te praat"
« Comment vas-tu ? » dit le chat
"Hoe gaan dit met jou?" sê die kat
« Je ne pense pas qu'ils jouent du tout équitablement », a
déclaré Alice
"Ek dink glad nie hulle speel regverdig nie," het Alice gesê
et elle avait un ton plutôt plaintif
en sy het 'n taamlik klaende toon gehad
« Ils se querellent tous si affreusement »
"Hulle stry almal so verskriklik"
« On ne s'entend pas parler »
"'n mens kan jouself nie hoor praat nie"
« Et ils ne semblent pas jouer selon des règles »
"en dit lyk asof hulle nie volgens enige reëls speel nie"
le chat a posé une question à Alice à voix basse
die kat het Alice 'n vraag met 'n lae stem gevra
« Comment aimez-vous la reine ? »
"Hoe hou jy van die koningin?"
— Je ne l'aime pas du tout, dit Alice
"Ek hou glad nie van haar nie," sê Alice

Alice pensa qu'elle ferait aussi bien d'y retourner
Alice het gedink sy kan net sowel teruggaan
Elle voulait voir comment le match se passait
Sy wou sien hoe die wedstryd verloop
Elle est partie à la recherche de son hérisson
Sy het na haar krimpvarkie gaan soek
Le hérisson était occupé à combattre un autre hérisson
Die krimpvarkie was besig om teen 'n ander krimpvarkie te veg
C'était une excellente occasion
Dit was 'n uitstekende geleentheid
Elle pouvait croquer un hérisson avec l'autre
sy kon die een krimpvarkie met die ander kroket
Mais son flamant rose était de l'autre côté du jardin
maar haar flamink was aan die ander kant van die tuin
Le flamant rose était plutôt maladroit
Die flamink was taamlik lomp
Son flamant rose essayait de s'envoler dans un arbre
Haar flamink het probeer om in 'n boom op te vlieg
Elle attrapa le flamant rose par la patte
Sy het die flamink aan die been gevang
Et elle glissa le flamant rose sous son bras
en sy het die flamink onder haar arm weggesteek
De cette façon, le flamant rose ne pouvait plus s'échapper
Op hierdie manier kon die flamink nie weer ontsnap nie
Juste à ce moment-là, Alice rencontra la duchesse
Net toe het Alice toevallig die hertogin ontmoet
La duchesse était maintenant sortie de prison
Die hertogin was nou uit die tronk
Elle glissa affectueusement son bras sous celui d'Alice
Sy steek haar arm liefdevol onder Alice se arm
puis ils sont partis ensemble
en toe stap hulle saam weg
Alice était très heureuse de la trouver d'une humeur si agréable
Alice was baie bly om haar in so 'n aangename humeur te vind

Elle était cependant un peu surprise
Sy was egter 'n bietjie geskrik
Elle entendit la voix de la duchesse près de son oreille
Sy hoor die stem van die hertogin naby haar oor
« Tu penses à quelque chose, ma chérie »
"Jy dink aan iets, my skat"
« Et ça fait oublier de parler »
"En dit laat jou vergeet om te praat"
« Le jeu se passe un peu mieux maintenant », a déclaré Alice
"Die wedstryd gaan nou nogal beter aan," het Alice gesê
C'était une façon de poursuivre la conversation
dit was een manier om die gesprek aan die gang te hou
— C'est vrai, dit la duchesse
"Dit is inderdaad so," sê die hertogin
« Et la morale de cela est la suivante : »
"En die moraal daarvan is dit:"
« C'est l'amour qui fait tout ! »
"Dit is liefde wat alles doen!"
« L'amour est ce qui fait tourner le monde »
"Liefde is wat die wêreld laat rondgaan"
Alice avait une autre explication
Alice het 'n ander verduideliking gehad
**« C'est fait par tout le monde qui s'occupe de ses propres
affaires ! »**
"Dit word gedoen deur almal wat hom met sy eie sake
bemoei!"
— Ah ! Vous pourriez avoir raison"
"Ag, wel! Jy kan reg wees"
**— Tout cela signifie à peu près la même chose, dit la
duchesse**
"Dit beteken alles baie dieselfde," het die hertogin gesê
et elle enfonça son petit menton pointu dans l'épaule d'Alice
en sy grawe haar skerp ken in Alice se skouer
« Et la morale de cela est la suivante »
"en die moraal daarvan is dit"
« Prendre soin du sens »
"Sorg vir die sin"

« Et puis les sons prendront soin d'eux-mêmes »
"En dan sal die klanke vir hulself sorg"
Mais alors le bras de la duchesse se mit à trembler
Maar toe begin die hertogin se arm bewe
Alice leva les yeux et la reine se tenait là
Alice kyk op en daar staan die koningin
La reine avait les bras croisés
Die koningin het haar arms gevou
Et elle fronçait les sourcils comme un orage !
en sy frons soos 'n donderstorm!
« Je vous préviens », cria la reine
"Ek gee jou regverdige waarskuwing," skree die koningin
et elle piétina le sol tout en parlant
en sy stamp op die grond terwyl sy praat
« Soit ta tête, soit sa tête doit être coupée »
"óf jou kop óf haar kop moet af wees"
« Faites votre choix ! »
"Neem jou keuse!"
« Et soyez rapide à ce sujet »
"en wees vinnig daaroor"
La duchesse fait son choix
Die hertogin het haar keuse gemaak
et au bout d'un instant la duchesse avait disparu
en binne 'n oomblik was die hertogin weg
Puis la reine s'adressa à Alice
Toe praat die koningin met Alice
« Continuons le jeu »
"Kom ons gaan voort met die spel"
Alice était trop effrayée pour dire un mot
Alice was te bang om 'n woord te sê
et elle la suivit lentement jusqu'au terrain de croquet
en sy het haar stadig terug na die kroketgrond gevolg
Pendant tout ce temps, la reine s'est querellée avec les autres joueurs
Die hele tyd het die koningin met die ander spelers gestry
« Coupez-lui la tête ! »
"Kap sy kop af!"

« Coupez-lui la tête ! »
"Kap haar kop af!"
« Coupez-leur la tête ! »
"Kap al hul koppe af!"
Bientôt, tous les joueurs ont été en garde à vue
Gou was al die spelers in aanhouding
il ne restait que le roi, la reine et Alice
net die koning, die koningin en Alice het oorgebly
Puis la reine s'en alla, tout à fait essoufflée
Toe vertrek die koningin, heeltemal uitasem
et elle s'en alla avec Alice
en sy het saam met Alice weggestap
Alice entendit le roi dire quelque chose
Alice hoor die koning saggies iets sê
« Vous êtes tous pardonnés »
"Julle is almal vergewe"
Mais soudain, un autre cri se fit entendre
maar skielik is daar nog 'n kreet gehoor
« Le procès commence ! »
"Die verhoor begin!"
et Alice courut avec les autres
en Alice het saam met die ander gehardloop

Qui a volé les tartes ?
Wie het die terte gesteel?

Le roi et la reine de cœur étaient assis
Die koning en koningin van harte het gesit
ils étaient sur leur trône quand Alice arriva
hulle was op hul troon toe Alice daar aankom
Il y avait une grande foule rassemblée autour d'eux
Daar was 'n groot skare rondom hulle bymekaargekom
Il y avait toutes sortes de petits oiseaux et de bêtes
daar was allerhande voëltjies en diere
Et il y avait tout le paquet de cartes
en daar was die hele pak kaarte
Le coquin se tenait devant eux, enchaîné
Die knave het voor hulle gestaan, in kettings

et il y avait un soldat de chaque côté pour le garder

en daar was 'n soldaat aan elke kant om hom te bewaak

près du roi était le lapin blanc

naby die koning was die wit haas

Il avait une trompette dans une main

hy het 'n trompet in een hand gehad

et il avait un rouleau de parchemin dans l'autre main

en hy het 'n boekrol perkament in die ander hand gehad

Au milieu de la cour se trouvait une table

In die middel van die hof was 'n tafel

Sur la table, il y avait un grand plat de tartes

op die tafel was 'n groot skottel terte

« J'aimerais qu'ils fassent le procès », pensa Alice

"Ek wens hulle sal die verhoor gedoen kry," dink Alice

**« Alors nous pourrions manger quelques-uns de ces
rafraîchissements ! »**

"Dan kan ons van daardie verversings eet!"

Le juge, soit dit en passant, était le roi
Die regter was terloops die koning
et il portait sa couronne sur sa grande perruque
en hy het sy kroon oor sy groot pruik gedra
« C'est le banc des jurés, pensa Alice
"Dit is die jurie-boks," dink Alice
« Et ces douze créatures, je suppose qu'elles sont les jurés »
"en daardie twaalf wesens, ek veronderstel hulle is die jurielede"
certains étaient des animaux, et d'autres étaient des oiseaux
sommige was diere, en sommige was voëls
Juste à ce moment-là, le lapin blanc a crié
Net toe roep die wit haas uit
« Silence dans la cour ! »
"Stilte in die hof!"
« Héraut, lisez l'accusation ! » dit le roi
"Heraut, lees die beskuldiging!" sê die koning
Le lapin blanc souffla trois coups de trompette
Die wit haas blaas drie ontploffings op die trompet
Puis il déroula le parchemin
toe rol hy die perkamentrol uit
Et il a lu ce qui suit :
en hy het soos volg gelees:
« La reine de cœur, elle a fait des tartes, »
"Die koningin van harte, sy het 'n paar terte gemaak,"
« Tout cela, elle l'a fait un jour d'été »
"Dit alles het sy op 'n somersdag gedoen"
« Le valet de cœur, il a volé ces tartes »
"Die knave van harte, hy het daardie terte gesteel"
« Et il a emporté ces tartes loin ! »
"En hy het daardie terte ver weggeneem!"
« Appelez le premier témoin », dit le roi
"Roep die eerste getuie," sê die koning
et le lapin blanc souffla trois coups de trompette
en die wit haas blaas drie stote op die trompet
« Amenez le premier témoin ! » cria-t-il
"Bring die eerste getuie!" het hy uitgeroep

Le premier témoin était le chapelier
Die eerste getuie was die hoedemaker
Il entra avec une tasse de thé dans une main
Hy het ingekom met 'n teekoppie in die een hand
et il avait un morceau de pain et de beurre dans l'autre main
en hy het 'n stukkie brood en botter in die ander hand gehad
« Tu aurais dû finir », dit le roi
"Jy moes klaar gewees het," sê die koning
« Quand avez-vous commencé ? »
"Wanneer het jy begin?"
Le chapelier regarda le lièvre de marche
Die hoedemaker kyk na die marshaas
Le lièvre de marche l'avait suivi dans la cour
Die March Hare het hom in die hof gevolg
Il avait marché bras dessus bras dessous avec le loir
Hy het arm aan arm met die slaapmuis geloop
« Le quatorzième mars, je crois, dit-il
"Veertiende Maart, ek dink dit was," het hy gesê
« Rendez votre témoignage », dit le roi
"Lewer jou getuienis," sê die koning
« Et ne sois pas nerveux, ou je te ferai exécuter sur-le-
champ »
"en moenie senuweeagtig wees nie, of ek sal jou ter plaatse
laat teregstel"
Cela n'a pas semblé encourager du tout le témoin
Dit het blykbaar glad nie die getuienis aangemoedig nie
Il n'arrêtait pas de se déplacer d'un pied sur l'autre
hy het aanhoudend van die een voet na die ander geskuif
et il regarda la reine avec inquiétude
en hy kyk ongemaklik na die koningin
et, dans sa confusion, il mordit un gros morceau de sa tasse
de thé
en in sy verwarring het hy 'n groot stuk uit sy teekoppie gebyt
En réalité, il voulait croquer dans son pain et son beurre
regtig was hy van plan om uit sy brood en botter te byt
Juste à ce moment, Alice éprouva une sensation très curieuse
Net op hierdie oomblik het Alice 'n baie nuuskierige sensasie

gevoel

Elle commençait à grossir à nouveau

sy het weer groter begin word

Le misérable chapelier laissa tomber sa tasse de thé

Die ellendige hoedemaker het sy teekoppie laat val

et le pain et le beurre tombèrent à terre

en die brood en botter het op die grond geval

et il mit un genou à terre

en hy het op een knie neergegaan

« Je suis un pauvre homme, Votre Majesté », a-t-il commencé

"Ek is 'n arm man, u majesteit," het hy begin

« Vous êtes un bien mauvais orateur, » dit le roi

"Jy is 'n baie swak spreker," sê die koning

« Tu peux y aller, » dit le roi

"Jy mag gaan," sê die koning

et le chapelier quitta précipitamment la cour

en die hoedemaker het haastig die hof verlaat

« Appelez le témoin suivant ! » dit le roi

"Roep die volgende getuie!" sê die koning

Le témoin suivant fut le cuisinier de la duchesse

Die volgende getuie was die hertogin se kok

Elle portait la poivrière à la main

Sy het die peperboks in haar hand gedra

et les gens près de la porte se mirent à éternuer tout à coup

en die mense naby die deur het dadelik begin nies

« Rendez votre témoignage », dit le roi

"Lewer jou getuienis," sê die koning

— Je ne donnerai aucun témoignage, dit le cuisinier

"Ek sal geen getuienis lewer nie," sê die kok

Le roi regarda anxieusement le lapin blanc

Die koning kyk angstig na die wit haas

Et le lapin blanc parlait d'une voix douce

en die wit haas het met 'n stil stem gepraat

« Votre Majesté doit contre-interroger ce témoin »

"U majesteit moet hierdie getuie kruisondervra"

« Eh bien, s'il le faut, il le faut, » dit le roi

"Wel, as ek moet, moet ek," het die koning gesê

« De quoi sont faites les tartes ? »
"Waarvan word terte gemaak?"
« Les tartes sont faites de poivre, principalement », a déclaré
le cuisinier
"Terte word meestal van peper gemaak," sê die kok
Pendant quelques minutes, toute la cour fut dans la
confusion
Vir 'n paar minute was die hele hof in verwarring
Finalement, ils se sont tous calmés
Uiteindelik het hulle almal weer gaan sit
Mais à ce moment-là, le cuisinier avait disparu
maar teen daardie tyd het die kok verdwyn
« N'importe ! » dit le roi
"Maak nie saak nie!" sê die koning
« Appel à la barre du prochain témoin »
"roep die volgende getuie na die tribune"
Alice regarda le lapin blanc qui tâtonnait sur la liste
Alice kyk na die wit haas terwyl hy oor die lys vroetel
Vous pouvez imaginer sa surprise à ce qu'elle a entendu
ensuite
Jy kan jou haar verbasing voorstel oor wat sy volgende gehoor
het
à tue-tête de sa petite voix aiguë, il appela le nom « Alice ! »
bo-op sy skril stemmetjie roep hy die naam "Alice!"

Le témoignage d'Alice

Alice se getuienis

« Ici ! » s'écria Alice

"Hier!" roep Alice

Elle se leva d'un bond en toute hâte

Sy spring haastig op

et elle renversa le banc des jurés

en sy het die jurie-boks omgegooi

et elle renversa tous les jurés

en sy het al die jurielede omgestamp

et ils tombèrent sur la tête de la foule en bas

en hulle het op die koppe van die skare onder geval

Alice était dans un grand désarroi

Alice was in groot ontsteltenis

« Oh ! je vous demande pardon ! » s'écria-t-elle

"O, ek smeek jou vergewe!" het sy uitgeroep

« Le procès ne peut pas avoir lieu », dit le roi

"Die verhoor kan nie voortgaan nie," sê die koning

« Les jurés doivent retourner à leur place »

"Die jurielede moet weer op hul regte plekke kom"

Il répéta l'ordre avec beaucoup d'emphase

Hy herhaal die bevel met groot klem

et il regarda Alice d'un air sévère

en hy kyk streng na Alice

« Que savez-vous de ces événements ? » demanda le roi à Alice

"Wat weet jy van hierdie gebeure?" vra die koning vir Alice

— Je ne sais rien à ce sujet, dit Alice

"Ek weet niks oor die onderwerp nie," sê Alice

Le roi lut ensuite un extrait de son livre

Die koning het toe uit sy boek gelees

« Règle quarante-deux »

"Reël twee-en-veertig"

« Toutes les personnes de plus d'un kilomètre de haut doivent quitter le tribunal »

"Alle persone wat meer as 'n kilometer hoog is, moet die hof verlaat"

« Je ne suis pas à un mille de haut, » dit Alice
"Ek is nie 'n myl hoog nie," sê Alice
« Près de deux milles de haut », dit la reine
"Byna twee myl hoog," sê die koningin

— **Eh bien, je refuse d'y aller, dit Alice**
"Wel, ek weier om te gaan," sê Alice
Le roi pâlit
Die koning het bleek geword
et il ferma précipitamment son carnet
en hy het sy notaboek haastig gesluit
« Considérez votre verdict », a-t-il dit au jury
"Oorweeg jou uitspraak," het hy aan die jurie gesê
Il parlait d'une voix basse et tremblante
Hy het met 'n lae, bewende stem gepraat
Puis le lapin blanc prit la parole
Toe praat die wit haas
« Il y a encore plus de preuves à venir »
"Daar is nog meer bewyse om te kom"
et il se leva d'un bond en toute hâte
en hy het in 'n groot haas opgespring

« Ce papier vient d'être retiré »
"Hierdie vraestel is pas opgetel"
« On dirait que c'est une lettre écrite par le prisonnier »
"Dit lyk asof dit 'n brief is wat deur die gevangene geskryf is"
Il déplia le papier tout en parlant
Hy het die papier oopgevou terwyl hy gepraat het
« Ce n'est pas une lettre, après tout »
"Dit is tog nie 'n brief nie"
« Ce que c'était, c'était un ensemble de versets »
"Wat dit was, was 'n stel verse"
« S'il vous plaît, Votre Majesté », dit le coquin
"Asseblief, u majesteit," sê die knave
« Je n'ai pas écrit ces vers »
"Ek het nie daardie verse geskryf nie"
« et ils ne peuvent pas prouver que j'ai écrit quoi que ce
soit »
"en hulle kan nie bewys dat ek iets geskryf het nie"
« Il n'y a pas de nom signé à la fin »
"Daar is geen naam aan die einde onderteken nie"
Le roi parla au fripon
Die koning het met die knawe gepraat
« Vous avez dû vouloir causer des méfaits »
"Jy moes bedoel het om onheil te veroorsaak"
« Sinon, tu aurais signé ton nom comme un honnête
homme »
"anders sou jy jou naam soos 'n eerlike man geteken het"
Il y eut un claquement général de mains
Daar was 'n algemene handgeklap
Et le roi se tourna vers le lapin blanc
en die koning draai na die wit haas
« Lisez les vers », ordonna-t-il
"Lees die verse," beveel hy
Il y eut un silence de mort dans la cour
Daar was doodstilte in die hof
et le lapin blanc lut les versets
en die wit haas het die verse voorgelees
Ils m'ont dit que vous étiez allé chez elle

Hulle het vir my gesê jy was by haar
Et ils lui parlèrent de moi
En hulle het my vir hom genoem
Elle m'a donné un bon caractère
Sy het my 'n goeie karakter gegee
Mais elle a dit que je ne savais pas nager
Maar sy het gesê ek kan nie swem nie
Il leur a fait savoir que je n'étais pas parti
Hy het vir hulle 'n boodskap gestuur dat ek nie gegaan het nie
Nous savons que c'est vrai
Ons weet dit is waar
Si elle poussait l'affaire, que deviendriez-vous ?
As sy die saak sou voortsit, wat sou van jou word?
Je lui en ai donné un, ils lui en ont donné deux
Ek het vir haar een gegee, hulle het vir hom twee gegee
Vous nous en avez donné trois ou plus
Jy het vir ons drie of meer gegee
Ils sont tous revenus de sa part vers vous
Hulle het almal van hom na jou teruggekeer
bien qu'ils aient été les miens avant
hoewel hulle voorheen myne was
Si j'avais la chance d'être
As ek of sy die kans sou hê om te wees
Si j'étais impliqué dans cette affaire
As ek of sy by hierdie saak betrokke was
Il compte en vous pour les libérer
Hy vertrou op jou om hulle vry te maak
Exactement comme nous étions
Presies soos ons was
Mon idée, c'est que vous aviez été
My idee was dat jy was
Avant qu'elle n'ait cette crise
Voordat sy hierdie aanval gehad het
Un obstacle qui s'est dressé entre
'n Struikelblok wat tussenin gekom het
Lui, et nous-mêmes, et cela
Hy, en onsself, en dit

Ne lui faites pas savoir qu'elle les aimait mieux
Moenie hom laat weet sy hou die beste van hulle nie
Car cela doit être à jamais un secret, caché à tous les autres
Want dit moet vir ewig 'n geheim wees, bewaar vir al die
ander
Ce secret doit rester un secret entre vous et moi
Hierdie geheim moet 'n geheim tussen jou en my bly
Le roi était très impressionné
Die koning was baie beïndruk
**« C'est la preuve la plus importante que nous ayons
entendue jusqu'à présent »**
"Dit is die belangrikste bewysstuk wat ons nog gehoor het"
**— Je ne crois pas que ces vers aient un atome de sens,
objecta Alice**
"Ek glo nie daardie verse het 'n atoom van betekenis nie," het
Alice beswaar gemaak
le roi avait sa propre opinion sur la question
die koning het sy eie mening oor die saak gehad
**« S'il n'y a pas de sens dans ces mots, cela sauve un monde
de problèmes »**
"As daar geen betekenis in daardie woorde is nie, red dit 'n
wêreld van moeilikheid"
**« Alors nous n'avons pas besoin d'essayer de trouver le
sens »**
"dan hoef ons nie die betekenis te probeer vind nie"
« Laissons le jury délibérer sur son verdict »
"Laat die jurie hul uitspraak oorweeg"
« Non, non ! » dit la reine
"Nee, nee!" sê die koningin
« La condamnation d'abord, le verdict ensuite »
"Vonnisoplegging eers - uitspraak daarna"
« Des bêtises et des bêtises ! » dit Alice à haute voix
"Goed en nonsens!" sê Alice hardop
« Comme il est stupide de condamner l'accusé en premier ! »
"Hoe dom is dit om die beskuldigde eerste te vonnis!"

« Tais-toi ! » dit la reine en devenant violette
"Hou jou mond!" sê die koningin en word pers
« Je ne me tairai pas ! » dit Alice
"Ek sal nie my mond hou nie!" sê Alice
cria la reine à tue-tête
Die koningin skree op die top van haar stem
« Coupez-lui la tête ! »
"Kap haar kop af!"
Personne n'a fait un mouvement
Niemand het 'n beweging gemaak nie
« Qui se soucie de ce que vous dites ? » dit Alice
"Wie gee om wat jy sê?" sê Alice
Elle avait atteint sa taille maximale à ce moment-là
sy het teen hierdie tyd tot haar volle grootte gegroei
« Tu n'es rien d'autre qu'un jeu de cartes ! »
"Jy is niks anders as 'n pak kaarte nie!"
À ces mots, toutes les cartes se levèrent dans les airs
Hierop het al die kaarte in die lug opgestyg
et toutes les cartes s'abattaient sur elle
en al die kaarte het op haar neergevlieg

Elle poussa un petit cri
Sy gee 'n bietjie gil
Elle était à moitié effrayée, mais aussi en colère
Sy was half bang, maar ook kwaad
Et elle a essayé de se battre contre les cartes
en sy het probeer om die kaarte van haarself af te veg
puis elle se retrouva allongée sur le talus d'herbe
en toe lê sy op die grasbank
Sa tête était sur les genoux de sa sœur
haar kop was in die skoot van haar suster
Des feuilles mortes s'étaient posées sur son visage
'n paar dooie blare het op haar gesig beland
et sa sœur balayait doucement les feuilles
en haar suster was besig om die blare saggies weg te borsel
« Réveille-toi, ma chère Alice ! » dit sa sœur
"Word wakker, Alice!" sê haar suster
« Quel long sommeil tu as eu ! »
"Wat 'n lang slaap het jy gehad!"
« Oh, j'ai fait un rêve si curieux ! » dit Alice
"O, ek het so 'n eienaardige droom gehad!" sê Alice
Et elle raconta à sa sœur tout ce qu'elle pouvait se rappeler
En sy het haar suster alles vertel wat sy kon onthou
toutes les étranges aventures que vous venez de lire
Al die vreemde avonture waaroor jy pas gelees het
Alice se leva et s'enfuit en courant
Alice het opgestaan en weggehardloop
et elle pensait, tout en courant, à son rêve
en sy het gedink, terwyl sy gehardloop het, oor haar droom
« Quel rêve merveilleux cela avait été ! »
"Wat 'n wonderlike droom was dit nie!"